中华
ZHONGHUA HUN
魂

百部爱国故事丛书

敢叫天堑变通途

——桥梁专家茅以升

杜中新　窦秀艳　编著

吉林人民出版社

图书在版编目（CIP）数据

敢叫天堑变通途：桥梁专家茅以升 / 杜中新，窦秀
艳编著 . -- 长春：吉林人民出版社，2011.3（2025.4 重印）
（中华魂·百部爱国故事丛书）
ISBN 978-7-206-07562-9

Ⅰ.①敢… Ⅱ.①杜… ②窦… Ⅲ.①故事—中国—
当代 Ⅳ.① I247.8

中国版本图书馆 CIP 数据核字 (2011) 第 032603 号

敢叫天堑变通途
——桥梁专家茅以升
GANJIAO TIANQIAN BIAN TONGTU
——QIAOLIANG ZHUANJIA MAOYISHENG

编　　著：杜中新　窦秀艳
责任编辑：李相梅　　　　　封面设计：孙浩瀚
制　　作：吉林人民出版社图文设计印务中心
吉林人民出版社出版 发行（长春市人民大街7548号　邮政编码：130022）
印　　刷：北京一鑫印务有限责任公司
开　　本：787mm×1092mm　1/16
印　　张：8　　　　　　　字　　数：64千字
标准书号：ISBN 978-7-206-07562-9
版　　次：2011年3月第1版　印　　次：2025年4月第3次印刷
定　　价：35.00 元

如发现印装质量问题，影响阅读，请与出版社联系调换。

总　序

　　《中华魂》是一套故事丛书。它汇集了我国自鸦片战争以来一百八十余年间的近百位民族英雄、仁人志士、革命领袖、先进模范人物的生动感人事迹，表现了他们作为中华儿女的伟大的爱国主义精神。

　　爱国主义是人们对于"生于斯、长于斯、衣食于斯"的祖国的一种神圣感情，是人们对于自己民族的一种强烈的责任感和使命感，是感召和激励整个中华民族的一面永不褪色的旗帜。在一百多年的中国近现代史上，爱国主义一直激励着中华儿女为祖国的独立、统一、进步和繁荣而英勇奋斗。从"苟利国家生死以，岂因祸福避趋之"的林则徐，到"我自横刀向天笑，去留肝胆两昆仑"的谭嗣同;从"铁肩担道义,妙手著文章"的李大钊,到"青春换得江山壮,碧血染将天地红"的赵一曼;从"县委书记的好榜样"的焦裕禄,到"问鼎长天,扬我国威"的邓稼先……都表现出了强烈的爱国主义精神。正是由于热爱祖国的人们前仆后继地奋斗,国家和民族才得以生存,才能够在一次次历史危急关头转危为安,走向兴盛和富强,从而屹立于世界民族之林。爱国主义是鼓舞中华儿女历经忧患、跨越沧桑、百折不挠、自强不息的伟大力量,它贯穿于中华民族的整个历史,并有力地凝聚着五洲四海的中国人。

爱国主义是一个历史的范畴,在社会发展的不同阶段、不同时期有不同的具体内容。革命时期,需要我们为祖国的独立自主出生入死;建设时期,需要我们为祖国的繁荣富强增砖添瓦。在全国各族人民团结一心,开启全面建设社会主义现代化国家新征程的今天，我们要争做一名新时期的爱国者。新时期的爱国者要有强烈的民族自尊心、自豪感。民族自尊心、自豪感是任何时期、任何爱国者都必须具备的情感。民族自尊心能增强我们自立向上的恒心，民族自豪感能树立我们建设祖国的信心。要树立"祖国高于一切"的崇高信念，为了祖国和人民的利益不惜抛却个人的利益，甚至不惜牺牲个人的生命。我们要树立终身学习的理念，拓宽自己的知识面，广泛吸收新知识、新技术，完善自身的知识结构，更新学习知识的方法与理念，从思想上、知识上充分武装自己，为祖国的繁荣昌盛贡献力量。

　　爱国主义思想的继承和发扬，是关系到民族盛衰、国家兴亡的根本问题。爱国主义思想情操的形成，需要不断地培养。培养爱国主义精神的一个重要途径是向英雄人物和典范事迹学习和致敬。这套丛书的出版,对于青少年向英雄和先进人物学习,特别是对于在中小学生中进行爱国主义教育是不可多得的生动的教材。祝愿此书出版发行成功,为培养时代新人做出贡献。

胡维革

人生一征途耳，其长百年，我已走过十之七八。回首前尘，历历在目。崎岖多于平坦，忽深谷，忽洪涛，幸赖桥梁以渡。桥何名钦？曰奋斗。

——茅以升

目　录

中华魂 百部爱国故事丛书
ZHONGHUA HUN

立志造桥　跨洋求学

　　1933年3月，37岁的茅以升正在天津北洋大学教书时，忽然接到他早年在唐山路矿学堂学习的同学，时任杭州浙赣铁路局局长杜镇远的电报和一封长函，要他立即前往杭州商谈关于筹建钱塘江大桥的事。

　　茅以升看完电报和长函，异常兴奋，心中久久不能平静下来，多年来他一直想为人民造桥的心愿就要实现了，他儿时的理想也将成为现实了。

茅以升像

　　那是1907年的端午节那一天，11岁的茅以升躺在床上心里急得像着了火似的。本来和小伙伴商量好一块儿去秦淮河看端午节赛龙船的，可妈妈因为他夜里闹病，说啥也不让他去。躺在床上，他的心却早已飞到秦淮河畔，他似乎看到了人山人海的秦淮河两岸锣鼓喧天。一年一度的赛龙船开始了。河面上，一个个身材魁梧的水手坐在五彩缤纷的龙船里，他们或穿崭新一色的背心，或一律袒露油光黑亮的上身，处处显露出青春的健美。水花四溅，木桨齐飞，活像一条条长了翅膀的真龙飞掠江面。优秀的水手，还在船上表演精彩的节目。有的倒立在高高的龙头上；有的一个鱼跃从龙头上跳到水里，……横跨秦淮河的文德桥上站满了人，船上、岸上、桥上，锣鼓声、喝彩声，一浪高过一浪……

　　每年的赛龙船茅以升都同伙伴们一起去看，今年却躺在床上去不成，一整天他都在懊恼和遐想中度过。

　　晚上，一个小伙伴跑来说："幸亏你没去，今天看赛会的人太多了，把文德桥挤塌了，掉下去不少

人。咱们班的同学淹死了好几个。"这消息像一块巨石投入水中，在小以升的幼小的心田里激起了层层涟漪。泪珠串串流下，朝夕相处的同学就这样瞬间死了，永远不能再见面了，他感到死是那么可怕的事！这时，他脑子里闪过一个强烈的念头：我长大了要造大桥，造一座挤不断、踩不塌的大桥。

从此以后，茅以升对桥产生了浓厚的兴趣。他只要见到桥，总是久久不肯离去，从桥面到桥墩看个不停。平时，他阅读古诗古文时，看到有关桥的句子和段落，都摘抄到本子上，看到有桥的插图就剪下来贴在本子上。

15岁那年，立志长大造桥的茅以升考入唐山路矿学堂土木系。他在上学期间发愤努力，养成了良好的学习习惯。上课他专心听课，简明扼要地记下老师讲

的重点、难点。下课他再参考外文书，根据自己的心得体会整理出当天的笔记，因为所学的东西都是新的，所以，记错的要改正，记漏的补上，记乱的重抄。他的笔记有章有节，条理分明。他把笔记本用硬纸糊好封面，里边写上题目号码，真像一本新发的教科书。时间像那潺潺流过的小溪，一晃5年过去了，他整理了200本笔记，近900多万字，他的学习态度使同学和老师们都很佩服。在校5年，经过了无数次考试，无论是月考、期考、年考，每次考试，他都是全班第一名。

宝剑锋从磨砺出，梅花香自苦寒来。

1916年7月，北洋政府教育部在全国评选教学成绩优秀的工科大学，唐山路矿学堂被评为第一名。在第一名的学校里，茅以升毕业考试名列榜首。他在答

茅以升从小就立下了为祖国建造新型大桥的理想

卷上不仅做完了必做题，而且把选做题也都答上了。老师破格给他120分。这张120分的卷子，学校珍藏下来。解放后，唐山路矿学堂（后改为唐山工学院）庆祝建校50周年时，展览了这份卷子。

茅以升毕业后，正赶上清华学堂向全国招收官费留美研究生，他以第一名的成绩被录取了。

1916年9月，20岁的茅以升与9名风华正茂的青年在上海登上了一艘远洋客轮，横渡太平洋，奔向美利坚。经过20多天的海上航行，客轮到达终点站——美国西部海港旧金山。下了船，休息了一天，他们参观了旧金山的唐人街并合影留念，然后便分别奔赴各自所去的学校攻读学位了。

茅以升乘火车到了美国纽约州东部的绮色佳城，抱着为祖国建造新型大桥的远大理想和志愿到康奈尔

大学学习桥梁建筑。

康奈尔大学坐落在卡犹格湖畔。校园依山傍水，风景秀丽。中秋时节，经霜的枫叶染红了连绵的山岭，远远望去像一片片晚霞。山崖上，一条条瀑布飞流直下，溅起簇簇浪花，山脚下蒙上团团水雾。人们来到这里感到格外清新恬静。

康奈尔大学是世界上知名的学府，有各国的留学生在这里深造。校园里耸立着一座尖顶绿瓦的钟楼，以钟楼为中心，向四面八方伸展出鹅卵石小路，通向宿舍、礼堂、教室。道路两旁花木茂盛，草坪碧绿，构成了一个幽静而舒适的学习环境。

茅以升到校后，就去注册处报到，报到处主任用怀疑的目光看着这位从中国唐山路矿学堂来此求学的中国少年，用轻视的口气对茅以升说："密斯特茅，

非常抱歉，唐山路矿学堂这个名字我从来没有听说过，我们康奈尔大学从来不招无名学校的学生，如果你想攻读研究生，必须先通过入学考试，合格才能注册。"茅以升对洋人的态度感到极大的气愤，心想："我一定考给你们看看。"

出乎报到处主任的意料，茅以升的成绩比美国最优秀的学生还好，而且他还能说一口流利的英语，这使美国教授们大为惊讶和赞叹。茅以升注册为桥梁专业研究生。在康奈尔大学留学期间，由于他成绩卓越，他特别受到土木工程系主任贾克贝教授的器重，并与他结下了深厚的友谊。

只用了不到一年的时间，茅以升就学完了全部学位课程，取得了硕士学位。在学校毕业典礼上，校长

把亲笔签名的硕士学位证书发给茅以升，并当众宣布："今后凡是唐山路矿学堂毕业来康奈尔大学攻读硕士学位的学生，一律免试入学。"

　　1917年夏天，茅以升自康奈尔大学毕业后，谢绝了学校留他工作的建议，由他的导师贾克贝教授介绍去匹兹堡桥梁公司实习。在那里，他和工人一样穿着满身油污的工作服到工厂或桥梁工地工作。他学习了绘图、设计、金工、木工、油工等全部造桥技术。在实习中他感到还要进一步学习理论知识——"桥梁力学"。当时匹兹堡加里基理工学院桥梁系正招收夜校学生，茅以升便申请到夜校学习，攻读工学博士学位。他选桥梁为主科，高等数学为第一副科，科学管理为第二副科。他白天做工，下班以后，每天晚上七点至九点到夜校去听课。九点半回来后一直看书到十一点多才睡觉。在上班去的车上、工作间歇，甚至吃饭的时候，他都在思考着桥梁、图纸、公式、假设，在嘈杂的喊声和机器的轰鸣中学习外语。他口袋里始终装着本子和钢笔，随时记录想好的数学和物理习题。他把一片片纸钉在墙上，上面写着数字、公式、外语单词，在睡觉前和夜晚醒来时摘下来瞧瞧。他节假日也不出去游玩，忙于看书，到图书馆查找资料、做笔记。经过一年半的紧张学习，茅以升读完了博士学位的全部课程，学分全部得到，比学校规定的时间提前了一年。接着，他就开始撰写博士学位论文，由于时间紧迫，他不得不辞去了桥梁公司的实习工作，专心致志地进行博士论文的写作。

1919年8月，茅以升的官费留学期满，国内政府

不再发给他生活和学习费用，他只好靠在桥梁公司实习时积攒下的一点钱来维持生活。他穿的衣服全是来美国前做的，到美国后没有做一套新衣服。有时为了参加社交活动，他不得不向别人借衣服穿。他常常吃不饱，有时因事错过了吃饭时间，他只能空着肚子回住所，因为没有钱在饭馆吃饭。贫困没有使茅以升退缩，他更加勤奋学习了。在他房间里，

桌子上、椅子上、床上到处都堆满了书。他还常常去图书馆查阅资料，到教授家中去请教疑难问题。

有志者事竟成。1919年12月，茅以升的博士论文终于完成了。论文的题目是《框架结构的次应力》，全文有30万字之多。加理基理工学院审查后同意茅以升参加答辩。在答辩会上，教授们提出了一个又一个难题，但都没有难倒他，最后评委会一致同意通过他的博士论文。

茅以升的论文一发表，立刻引起了土木工程界的强烈反响。一些知名的科学家写书、写文章对茅以升

的研究成果给予了高度的评价，认为达到了当时的世界水平。文章中的科学创见被称为"茅氏定律"。

贾克贝教授将茅以升的博士论文推荐给康奈尔大学。1921年，康奈尔大学奖给茅以升一枚"菲梯士"金质奖章。这个奖章是每年颁发给那些对土木工程研究卓有成绩的研究生的。

直到1936年，加理基理工学院还没有第二个工学博士。

造大桥为国争光

1919年12月，茅以升以优异的成绩毕业于美国加理基理工学院。他谢绝了几所有名的大学和几家大公司的高薪聘用，带着一身的才学，怀着满腔的报国热

20世纪初，中国还没一座现代化的大桥。

忧，于12月19日登上皇后号远洋轮船航行18天，于1920年1月5日到达中国上海。

像久旱的禾苗得到了雨露的滋润，像阔别多年的孩子扑进母亲的怀抱，茅以升怀着"我的事业在中国"的激情踏上了祖国的大地。

"欢迎您，茅博士！""祝贺你，为祖国争得一枚金牌！"

面对鲜花、笑语、掌声，茅以升满怀深情地说："谢谢亲友们的鼓励，今后，我要把全部聪明才智献给祖国。"

当时的中国科技太落后了，还没有一座现代化大桥。茅以升和家人团聚的日子里，还不时想到千百年来像天堑似的长江，至今还阻隔着两岸人的往来；哺育过中华民族的黄河，却仍然吞食无数船只而难以架桥；钱塘江大潮还在渡江人们的记忆中留下梦魇。他多么希望有朝一日，能在祖国的桥梁建设工地上，为建造祖国的现代化桥梁出谋献策呀！可是，留美回国后，他除了在1920年担任过修建南京下关惠民桥的工程顾问，1928年参加过济南黄河大桥的修理工程外竟无机会去参加造桥工作。如今有人请他去造桥，而且是建造由中国人自己设计的第一座大桥，他心情怎能不激动呢?！

在中国广阔的土地上，曾有千百座中国人自己架设的桥梁。著名的赵州桥，就是隋朝的李春和他的同代匠师们精心设计兴建的。大桥构造奇特，其桥洞如弓，桥道无陡坡。大拱两肩上有小拱，可节约材料，减轻桥身重量。全桥结构匀称、跨度大、雕刻古朴美观，不但具有高超的技术水平，且有不朽的艺术价值。唐朝玄宗时期的宰相张嘉贞称之"制造奇特，人不知其所为"。唐朝诗人说，远看这座桥就像"初月出

各种各样的桥给茅以升以很大的启发

云，长虹饮涧"。大桥经历了1300多年，至今仍保持着原来的雄姿。而德国泰克河上的赛雷桥比赵州桥晚了700年，可是早已不复存在了。中国人只要想到赵州桥就无上光荣。但是，自从1840年鸦片战争以后，帝国主义者闯入中国，锦绣河山被任意践踏，丰富的宝藏任他们掠夺。为了掠夺财富，他们把持着中国的铁路和铁路桥梁的修建大权。在中国的江河上，由外国人设计监造的一座座钢铁大桥腾空架起，一条条铁路铺成。但是直到1909年才出现了第一条完全由中国工程技术人员设计施工的铁路——京张铁路，而由中国人自己设计，自己建造的现代化大桥还没有。济南黄河大桥，是德国人建的；郑州黄河大桥是法国人与比利时人合建的；哈尔滨松花江大桥是俄国人建造的；沈阳浑河大桥是日本人建造的；珠江大桥是美国人建造的；蚌埠淮河大桥是英国人建造的……

每当想到这些，茅以升的心里就像江潮一样翻腾，难道中国人自己就不能修建现代化的桥梁吗？

1933年6月16日茅以升来到杭州，会见了浙江省建设厅厅长曾养甫，并接受了建造钱塘江大桥的任务。8月初，他辞去北洋工学院教学的工作，到浙江省建设厅上任，担任钱塘江桥工程委员会主任委员。接着省政府又成立了钱塘江桥工程处，茅以升任处长。茅以升请他在美国康奈尔大学一块学习的桥梁专业的同班同学罗英任总工程师。

在钱塘江上建桥是一件十分艰巨的任务。作为桥

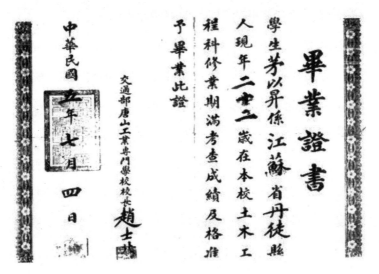

梁工程师的茅以升，他深知钱塘江是一条"险江"，江面辽阔、江潮浩荡、流沙凶险。从杭州的南星桥到对岸的西星，江面宽达三公里，由此流入大海，先形成杭州湾，然后逐渐扩大成为喇叭形的王盘洋。每当上游山洪暴发和河口海潮涌入时，江流汹涌，波涛险恶，势不可挡，所以自古以来就以"浙江潮"著称。《史记》中记载："三十七年十月癸丑，始皇出游，至钱塘，临浙江，水波恶，乃西行百廿里，从狭中渡，上会稽，祭大禹。"江底流沙变迁莫测。《绍兴府志》记载："又江之中有罗刹石，曰罗刹江，其石峻岩，数破舟。五代时，潮沙涨没，今已不见。"多年来杭州民间就有"钱塘江无底"的说法。当地有句歇后语：

"钱塘江上造大桥——办不到。"当茅以升接受建筑钱塘江大桥任务的消息传开时，一些外国工程师也认为那是白费力气，注定要失败的。

　　钱塘江上造大桥，究竟能不能成功呢？茅以升和罗英对钱塘江的水文、气象、地质作了周密地调查研究，作出了科学的结论：在有着适当的人力物力的条件下，钱塘江大桥是可以建成的，但要克服许多困难、冒很大的风险。但为了打破洋人诬蔑我们中国人不能建造钢铁大桥的谎言，为中国人民争气，茅以升决定不管遇到多大的困难，不管冒多大的风险，也要建成钱塘江大桥，外国人办不到的事我们能办到，古人办不到的事，我们更应该办到。

　　经过多次勘测和多方听取意见，茅以升做出了《钱塘江桥设计书》，把大桥的位置设在已有千年历史的名胜六和塔附近。这里江面较窄，河身比较稳定，易于把桥建得稳固，而且风景优美。设计中的大桥全长1 453米，其中江中正桥长1 072米，两端为引桥。北岸引桥288米，南岸引桥93米。大桥采用双层联合桥形式。上层是双线公路桥，两边有人行道；下层是单线铁路桥。大桥的正桥16孔，每孔跨度为67米，从江底石层到公路面，高达71米，相当于18层楼的高度。桥梁采用进口的高级合金钢，既保证了强度，重量也较轻。15个桥墩形式多种多样，9个在江心石层很深、流沙40多米厚的地方，6个在岸边。在设计中，也考虑了美术的要求，使全桥各部分，方圆配合，色彩调和，主次分明，浑然一体。

按照设计书中的设计，大桥全部经费约需银元510万元。

当时浙江省还聘请了铁道部顾问、美国桥梁专家华德尔，也另行设计了一个建桥方案。华德尔的方案把桥址设在杭州市城区内。大桥为单层桥，既可以走火车，也可以通汽车。大桥经费共需银元750多万元。

两个建桥方案都送到铁道部审查，由于茅以升等人提出的方案，既好又省，很快就获得铁道部的批准，而否定了美国专家华德尔的方案。

茅以升他们立刻进行施工准备，计划用两年半的

时间建成大桥。正在工程要动工的时候，茅以升的父亲因积劳成疾病逝了。他回南京奔丧，安葬了父亲之后，抑制着悲痛，又回到杭州继续工作。

为了争取钱塘江桥早日胜利建成，茅以升和工程技术人员

决定打破传统的造桥程序，采用"上下并进，一气呵成"的新方法。也就是采用基础、桥墩、钢梁三个主要工程同时动工的方法。在打木桩的同时就在岸上做沉箱，木桩打好，马上把沉箱拖下水浮运到木桩上，放好沉箱立刻筑桥墩。在这同时，也抓紧赶制钢梁，等桥墩筑好时，钢梁也就拼装成了。等两个桥墩一做好，立即架上一孔钢梁。这种方法在国内外从来没有使用过，这是茅以升和建桥专家们大胆的设想和创造。

他们又研究了各种具体计划，同时也估计了可能遇到的困难，并想出了一系列解决的办法。1935年6月，用于建立桥墩基础的打桩船造好了，大桥施工开始了。

没有造不成的桥

俗话说"钱塘江无底"。江底的石层在水位以下50米，上面覆盖厚达41米的流沙，江水深9米，那些长年累月被江水冲刷的流沙，细微而飘摇不定，木桩打下站不牢，而且越打越往下陷。汽锤打轻了，木桩不下去，打重了又容易把木桩打断，结果开工第一天他们只打进去一根木桩。茅以升心急如焚，每个桥墩底下要打160根木桩，全桥9个桥墩要打1 440根木桩。照这样的进度打木桩就要花4年时间才能打完，这怎么行呢？必须改进打桩的技术，否则，大桥就不可能按期完工。

茅以升想起在家时母亲曾对他说过："《西游记》

里写唐僧到西天取经，经历了八十一难，终于取得真经六十卷，唐臣（茅以升的号）要降服钱塘江水，建造大桥，也要经过八十一难才能建成。"茅以升也早就预料到建设过程中肯定会遇到一些意想不到的困难，也作好了思想准备，但没想到开工的第一天就停工了。

他把工程技术人员都找来进行研究，一个又一个的改进方案提出来了，又都一个又一个地被否定了，工程被迫停了下来。

一天，茅以升回到家中，脑子里仍在思考着如何改进打桩技术。忽然，他那可爱的小女儿在外面喊他：

"爸爸，快来看呀，他们把咱们家的花坛冲坏了！"

茅以升应声走了出去，他看见几个邻居家的小男孩正在拿一把铁壶浇花。一条小水龙从壶嘴里射出向花坛猛冲，把花坛的泥土冲出一个小洞洞。茅以升眼前一亮："壶水能把泥土冲出个洞，那么能不能把江水提起，从高处猛冲下去，把江底冲成洞穴呢？"

茅以升当即返回工地，把自己的想法告诉了大家，并请工人和工程技术人员一起讨论。大家一致认为这个办法可以试试。他们马上对机器进行改装，并借来一台强力抽水机，把江水抽到高处，再向江底直冲。果然把江底厚厚的泥沙，冲出个洞，直到硬底层。工人们赶紧把木桩打进洞里。结果，一昼夜就打进去30根木桩，大大提高了工作效率，打桩的难关就这样被攻克了。

浮运沉箱是难度更大的工程，沉箱是钢筋混凝土做的，长18米，宽11米，高6米，重600吨。要在岸上做好，然后运到江里，准确地放在已打进泥沙里头的木桩上。采用这种方法的原因是钱塘江底有很厚的

流沙，任何建筑物放在流沙上都要随沙移动，因此，打木桩就发生困难。一般情况下，一块大石头放在江底，都会被水冲到下流，而钱塘江底有流沙，就发生一种特殊的现象，由于石头上流的方向的沙层被水冲走了，石头反而往上流移动，所以打桩不行，板桩也站不住。沉箱重达600吨，放在流沙上水冲不动。箱中有一块板，把箱隔成上下两个房间，底下是工人进去挖土的工作间，用高压空气把水排走，隔板上的房间造桥墩，沉箱越下越深，桥墩越造越高，最后箱子沉到江底的石层上。这样就解决了钱塘江建造桥墩的难题。

工人们在事前修好的两条轨道上，架上一台钢架吊车，由吊车把沉箱吊起来，顺着轨道向前滑动，一直滑到江边。下水之后，用两只轮船拖着慢慢顶着潮水前进。经过半天时间，沉箱被运到木桩跟前，工人们按指定信号放下沉箱前后左右的6个铁锚。这些铁锚每个3吨重，想用这6个铁锚把沉箱稳住，再慢慢地调整位置，使沉箱按计划落到木桩上。谁知沉箱刚要就位，忽然海水开始落潮，江水和海潮一起涌来，冲向沉箱，6个铁锚全被冲起，沉箱从水中浮起，像脱缰的野马似的在江中飘荡，一直漂到下游很远的地方。等工人们费了很长时间把沉箱拖回来，再往下沉时，还没落到木桩上又遇海水涨潮，汹涌的海潮猛扑过来，铁锚的链子被冲断了，庞大的沉箱马上又浮起来，被潮水顶到上游去了。由于潮水太大，一时无法拖回。等潮水一退去，沉箱又陷入泥沙里。只好等下次涨潮，把沉箱漂起来，再用船把它拖回桥址。不料，刚刚拖回来，又下起了暴雨，风很大，沉箱拖着

铁锚向下游冲去，把一
个渡船码头撞得粉碎。
当时，江上轮船齐来相
助，共用 14 只汽轮才
又把它拖回桥址。不巧
再次遇上大潮，捆绑的
钢缆被冲断了，沉箱又
浮起，一直漂到 10 公
里外的上游，并再次陷
入泥沙中，费了好大的
劲他们才又把沉箱浮起

来拖回桥址。就这样这只沉箱在 4 个月中，来回乱窜
了 4 次之多。

安装沉箱是建筑桥墩的关键工程。沉箱安装不
上，就筑不了桥墩。桥墩建不起来还造什么大桥呢！

开工以来，连遭挫折，外边风言风语不断传来。
有人又叫起"钱塘江造桥——办不到"的老话。几家
借款的银行也为自已借出去的钱担忧，一次次找到茅
以升询问大桥能否建成，如果没有把握就赶快停工，
退还借款。

这时，浙江省建设厅厅长曾养甫已调往南京任铁
道部次长，他知道大桥工程遇到困难后非常着急，他

把茅以升叫到南京向他施加压力，嚷道："我一切相信你，但是如果建不成钱塘江大桥，你得跳钱塘江，我也跟着你跳。"

茅以升没有被这些困难吓倒。他很清楚，钱塘江大桥的成败，不是他一个人的小事，而是能不能为中华民族争气的大事，因此，困难再大，也要建成大桥！

他和总工程师罗英带领主要工程技术人员和一部分工人，认真总结经验教训，分析研究了江水和海潮的规律，采纳了工人的建议，把3吨重的小锚改为10吨重的大锚，趁海水涨潮时把沉箱放下去，落潮时借潮水之力让它迅速就位。经过大家的努力600吨的沉箱乖乖地就范了。建桥的又一难关被闯过去了。

大桥在日夜不停地施工。以茅以升为首的桥梁工程处的所有人员为了监督工程的不断进展也日夜不停地同建桥工人们在一起奋战，他们没有星期天，也没

有节日。每当一只沉箱下到桩头，茅以升都要细心看施工报告，打桩是大桥工程的基础，每根桩的位置都要十分准确，如果稍有歪斜，桥墩的承载力就要受到影响，甚至造成桥身倒塌。因此，他要详细查对160根木桩的准确位置后才放心。

沉箱中温度很高，空气稀薄，在里面工作时间长了就会头昏眼花，甚至鼻孔出血，条件非常艰苦。茅以升亲自下到沉箱底，边看边数木桩，直到数够160根木桩，他才放下心来。

1937年7月7日，日本帝国主义发动了全面侵华战争。北方的国土日益沦丧，很快日寇的侵略火焰蔓延到南方。8月13日，日本侵略军对上海发动进攻，中国守军奋起还击。8月14日，日寇飞机开始袭击杭州，企图炸毁尚未完工的钱塘江大桥。

为了支援上海抗战，工人们发扬爱国主义精神，发挥了冲天的干劲，夜以继日地加速工程进度。

一天，茅以升正在北岸第六号桥墩的水下30多米的沉箱里和工程师们研究工作，电灯突然全熄灭了，沉箱内顿时一片漆黑。大家不知所措，以为高压电气管断了。没有高压空气，水就会涌入沉箱，几十人的生命就完了。沉箱内气氛十分紧张，但等了一会儿沉箱一直没有进水，他们才冷静下来。半小时后，电灯亮了，茅以升顺着铁梯爬到水面。原来，半小时前，传来了空袭警报，三架日本飞机来炸桥，为了保证大桥的安全，守桥工人关掉了电灯。敌机没有找到大桥，就胡乱地往江里扔了不少炸弹，然后飞回去了。

从这天起，日寇飞机经常来骚扰，给建桥工程增加了新的困难。

工人们在桥梁工地上加紧装配钢梁，争分夺秒，钢梁长67米，重260吨。他们利用钱塘江潮水汹涌的特点，在涨潮时，把钢梁装到两艘木船上，并运到两个桥墩中间，随着潮水下降，船身也跟着下降，钢梁就轻而易举地搭在两个桥墩的顶上了。1937年9月19日、20日，大桥的最后两孔钢梁装到了桥墩上，大桥合龙了！

1937年9月26日凌晨4时，"呜……"一列火车长鸣，像一条巨龙隆隆地驶过了钱塘江大桥。钱塘江

两岸沸腾了，"成功了！成功了！"人山人海爆发出的阵阵欢呼声压过了涛声。

　　茅以升的眼睛湿润了。此时他的心情比任何人都激动。30年来的理想终于实现了，经过几百个紧张的日日夜夜，战胜了无数艰难险阻终于为人民造出了一座坚固的钢铁大桥，而且是中国人自己独立设计和建造的第一座现代化大桥。这是中国桥梁建筑史上一块划时代的丰碑！在我国历史上虽然也曾建设了各种各样的桥，但是，像这样的现代化铁路、公路联合桥却是前所未有的。

　　钱塘江大桥在打桩技术上采用的射水法和气压沉箱法显示了中国科技工作者和中国工人的聪明才智，

从而也显示了中国人民有自立于世界民族之林的能力，它向全世界证明，外国人能办到的，中国人也能办到；外国人办不到的，中国人也能办到！

不复原桥不丈夫

钱塘江大桥通车的时候，抗日战争的烽火已燃遍了黄河上下，大江南北。局势一天天地紧张起来，日寇很快逼近杭州。京沪铁路已不能通车，钱塘江大桥成为唯一的撤退后路。

1937年11月16日，茅以升正在桥梁工程处办公室

修改竣工报告，突然接到一个命令：马上准备炸掉大桥，不让敌人使用！他的头一下晕了，想不到花了这么多心血，历经千辛万苦，刚刚建成的中国第一个现代化桥梁，没有多久就要被炸掉，真比用刀子剜他的心还难受。

炸桥，这是他在建桥时就已料到的事。在大桥设计施工时，他预感到可能遭到战祸，因此，在建桥的时候，就在靠南岸的第二个桥墩里设置了一个方形洞口，万一日寇准备占领大桥时，可以放入炸药自动毁桥，没想到这一天这么快就来到了。

茅以升走出办公室，来到钱塘江大桥。他手扶着桥栏杆，从北走到南，又从南走到北。他怎能舍得炸掉自己花了那么多心血才建造起来的大桥啊！但为了国家和民族的利益，为了千百万人的生命安全，他只有炸掉它了。

当夜工人们把炸药放到了空洞里，又在钢梁要害处放进炸药，另用一百多根引线接到放炸药的雷管上，只等炸桥命令下达时立即点燃导火索了。

11月17日清晨，大桥上层的公路开放了。当天，过桥的人数就有10万以上。但是有谁知道就在这桥底下，已经装上了炸药就等着炸桥命令一下立即引爆呢？

人们在安全地向南转移。列车和汽车满载着货物驶过大桥。仅12月22日这一天，从大桥上撤走的铁路机车就有300多辆，客货车达2 000多辆，难民10万多。

前线的炮火声音已经听得见了，战事越来越逼近了。

12月23日，下午5点钟，日寇的骑兵已经依稀可见了。当夜幕降临大地，黑暗像笼纱似的把钱塘江桥的沿岸罩住时，部队下命令禁止行人通行，茅以升断然下命令将引接雷管的导火线点燃，随着"轰"的一声巨响，顿时烟雾弥漫，像一股怒火直冲云霄。花费将近两年半时间，闯过八十一难才建成的大桥毁于一旦。

茅以升站在钱塘江边，眼里噙着泪水，望着被炸断的大桥，心情十分沉痛。但他觉得这样做是对的。我们造的桥，决不能留下让敌人使用。这时，钱塘江在怒吼，茅以升的心在颤抖。他亲手建造的大桥就这

敢叫天堑变通途

——桥梁专家茅以升

样毁了吗？不，我们还要重建大桥！只要抗战胜利的那一天到来，我们一定立刻把大桥修复！他伏案挥笔写下八个大字："抗战必胜，此桥必复。"他怀着悲愤的心情，和着从心里溢出的热泪写下三首《别钱塘》旧体诗：

> 钱塘江上大桥横，
> 众志成城万马奔。
> 突破难关八十一，
> 惊涛投险学唐僧。
>
> 天堑茫茫连沃焦，
> 秦皇何事不安桥。

安桥岂是干戈事，
同轨同文无浪潮。

斗地风云今变色，
炸桥挥泪断通途。
"五行缺火"真来火，
不复原桥不丈夫。

　　诗文中的"八十一"指的是：传说唐僧取经经历
八十一难，茅以升的母亲曾说："唐臣造桥，也要经
历八十一难。"

　　诗文中的"五行缺火"是说：钱塘江桥四个字的
偏旁是：金、土、水、木，故云"缺火"。

武汉长江大桥

　　钱塘江大桥虽然由我们自己炸毁了，但是一些善后工作还要继续做，大桥的竣工图还要完成。竣工图表明钱塘江建桥的过程中各项工程的实际情况。大桥正桥的9个桥墩，每个桥墩用木桩160根，如何按照每桩测定方位，要如实地记录下来；15个桥墩的沉箱下降沉度，也要全部进行如实的记载。竣工图是以后大桥保养维修的可靠依据，因此必须尽快赶制出来。经过桥梁工程处全体人员的努力，竣工图于1937年底全部绘制完成了。

整个抗日战争期间，茅以升带着14箱装有各种图表、文卷、刊物、照片、电影片等钱塘江大桥工程资料，辗转千里，从浙江兰溪到湖南湘潭，又从湘潭到湘西永丰县的杨家滩，又到贵州省的平越、贵阳，最后到达四川重庆。虽经长期奔波，敌机轰炸，14箱资料却完好无损。

1945年8月15日，中国人民经过浴血奋战，终于取得了抗日战争的伟大胜利。日本帝国主义无条件投降了！钱塘江大桥修复工程在望。

第二年春天，茅以升带着精心保护下来的14箱资料回到战后的杭州，组织人员重修钱塘江大桥。

大桥破坏十分严重。1937年炸毁大桥的时候，靠南岸的第二座桥墩被炸得精光，五孔桥梁全部被炸断。1940年9月，日寇占领了钱塘江两岸三年后，才

在坠落江中的五孔钢梁上架设军用木桥面，接通公路走汽车。1943年底，他们开始着手修理被炸毁的桥墩和钢梁。1944年3月，我们的游击队的英雄们在夜深人静之时偷偷地游到桥下，放上定时炸弹，炸毁了第五号桥墩。日本人费了很长时间才修好。1944年10月大桥通了火车，但上面的公路桥未接通。1945年2月，我们的游击队又炸坏了第六号桥墩。日本人对大桥的维修，完全是为了侵略战争之用，一切因陋就简，草率从事。对第二号桥墩他们是在沉箱上打木桩，木桩上筑桥墩。有的木桩只是打到泥沙层上，如果时间稍长，泥沙被水流冲刷，江底变迁，桥墩就会塌下来，造成严重行车事故。对第五号和第六号两个桥墩的裂缝，日本人只是用墩外加箍，墩内填沙的办法，勉强维持暂时行车。而对于被炸坏的五孔钢梁，他们也只是用普通钢接补成形，只有连接用的铆钉是日本制造的合金钢。钢梁扭曲的部分也未能矫正，以致钢梁的承压力大大减弱，火车过桥速度限制到很慢的程度。

茅以升请来了中国桥梁总公司上海分公司的汪菊潜总工程师共同研究制订修桥计划。1946年9月，修复大桥的工作开始了。

工人们在被炸坏的五孔钢梁上面铺设临时公路木

桥面，单线行驶，两旁设临时木栏杆。对于未被破坏
的各孔钢梁加涂保护油漆。1947年3月1日，公路桥通
车了，恢复了大桥双层路面的作用。1947年夏，筹备
和修理几个桥墩的工程开始了，为了既要修好，又不
影响通车，对第五六号两个桥墩经过反复研究，决定
使用"套箱法"，也就是在桥墩外面放下个人套筒，再
把套筒和桥墩夹层里的水抽干。然后，工人在夹层里
修理墩壁的裂缝。这种办法在中国桥梁工程史上，也
是首次运用。对南岸第二个桥墩，决定凿去日本人所
筑的桥墩，拔出他们打的木桩，在下面沉箱上另筑新
的桥墩。

　　可是，这时国民党统治正处于日益瓦解时期，经
济危机加剧，修桥所需经费时断时续，工程进展异常

缓慢。直到杭州解放时，第五号桥墩的套箱还未落到江底。

1949年5月1日，杭州解放了。国民党军队在撤离杭州时，汤恩伯所属部队又在第五孔钢梁两头放下很多炸药，又一次将桥炸毁。幸喜损坏不大，经过24小时的日夜抢修，大桥又恢复通车。

上海解放后，大桥未完成的工程，由上海铁路局接管办理。第五号桥墩于1952年4月全部修好。1953年9月第六号桥墩的修复工程也完成了。

几经周折，一座雄伟壮丽的大桥又屹立在祖国大地上。

茅以升看着大桥为社会主义建设服务，他舒心地

笑了。新中国成立了，他这位桥梁巨匠将大有用武之地了，他要为祖国建造更多、更好的大桥。

天堑变通途

1949年10月1日是茅以升永远不能忘记的一天。

这一天，在北京天安门广场上举行了中华人民共和国开国大典。茅以升作为科学界的代表被邀请到天安门城楼上参加观礼。他站在党和国家领导人身边，检阅30万人民群众队伍，感到无比喜悦、无限幸福。

多少年来，中国人民梦寐以求的建立一个独立、民主、科学、统一、富强的新中国的理想终于实现了。茅以升心潮起伏，感慨万分，决定拿出全部智慧和力量，为建设新中国而奋斗。

1950年，中华人民共和国铁道部决定筹建武汉长江大桥，一方面调集一批工程技术人员进行勘测设计，同时聘请了二十几位专家，组成了大桥技术顾问委员会。领导决定让茅以升担任顾问委员会主任委员。

1951年秋天，周恩来总理主持召开政务院（后来改称国务院）会议，讨论建设武汉长江大桥的各种方案，茅以升应邀参加。会后，周恩来亲切地对茅以升说："现在我们要建设新中国的第一座大桥了。你建过钱塘江大桥，对建桥富有经验，希望你对建设武汉长江大桥多多出力呀！"

茅以升一阵激动，他连声说："总理，您放心，您放心，我一定竭尽自己的全力为建设大桥出力。"

总理的话一直在茅以升脑海里回响，他反复体会着总理的话，这是总理对他的极大信任呀！是总理代表中央对他的殷切嘱托和期望。他牢记总理的嘱托，从那时起，他便把全部身心和全部精力都投入到武汉长江大桥的建设上。

兴建武汉长江大桥，这是全国人民多年的愿望，更是武汉三镇人民祖祖辈辈的心愿。从满清政府到国民党统治时期，人们就想在长江上架起一座桥。长江是我国乃至于亚洲的第一大河，也是世界上第三大河，然而，在我国其他河流上一座座桥梁被架起，只有长江上仍然以船代桥。每天，在武汉三镇一堆堆货物、长串的车辆、拥挤的行人都停在渡口待渡。可是历代统治者却没有一个提出过在长江上造桥。民间有首歌谣："黄河水，长江桥，治不好，修不了。"

　　十几年前，在建钱塘江大桥的同时茅以升就曾几次到武汉同湖北政府商谈建桥的事情。他抽调不少人力，花了很长时间对武汉三镇周围的长江水流进行勘察设计，并做出了建筑武汉长江大桥的计划书。详尽

地查明了武汉长江江底的地质状况，准备开始建桥。但是不久抗日战争爆发了，建桥的事只好作罢。

现在，新中国成立了，党和政府在人力、物力、财力方面给予建桥以充分的保障，茅以升对建成武汉长江大桥充满信心。他带领工程技术人员奔走于长江流域，对长江自然情况作了认真的再观察和再勘测，做到心中有数。当顾问委员会召开第三次会议时，他发表了自己的意见。

经过专家们的详细讨论和科学预测，他们决定桥址选在武昌的蛇山和汉阳的龟山之间，这儿江面较窄，两岸地势较高，既可以缩短正桥，大大减少两岸引桥的长度，又可以节省大量人力、物力和财力，是建桥较为理想的地方。

大桥主要由三部分组成：基础、桥墩、钢梁。哪一部分建不好，都会影响桥梁的工程质量。

如何把大桥建好呢？茅以升费尽了心思，再三地考虑。由于大桥是建设在两山之间，江水较深，水流湍急，江底泥沙深浅不一，最下面的岩石层也比较复杂，这样的地质情况要建好桥基是很不容易的。

建桥是百年大计，何况这又是新中国要建设的第一座大桥啊！无论如何也要把大桥建好。

建钱塘江大桥时采用的是"气压沉箱法"，茅以升认为这种方法对工人的身体有不良的影响，现在不能用这种方法。经过反复研究，最后决定采用"大型气管柱钻孔法"。这种方法是把30多根直径1.5米的钢筋混凝土管子的下头嵌入江底石层。在管子里放进钻机头，把管底石层钻个窟窿，管里放上钢筋，灌满混凝土，使管子和水下石层联成整体，然后再使这些管子联成一个很大的圆柱，使它成为牢固的桥墩基础。最后在这些管子上面筑桥墩，这是当时世界桥梁史上的最新技术，使用这种方法可以大大缩短工期。

从1950年起，茅以升对建造长江大桥的几个方案都作了精确测量和钻探，经过反复比较到1953年5月完成了初步设计，直到1955年才确定下"大桥设计施

中华桥魂——茅以升

工方案"。

　　大桥为铁路和公路两用的"联合桥"。下层是铁路，铺设双线轨道，火车可以同时对开，铁路两旁有人行道。上层是公路，可以同时通过6辆汽车，公路两旁也有人行道。大桥全长1670米，其中正桥长1156米。9孔，每孔跨度128米。汉阳岸引桥303米，武昌岸引桥211米，共有8个桥墩，2个桥台，高83米，相当于20层楼高。两岸各建一个桥头堡——一座8层高的大楼，上面筑有民族特点的亭阁，堡内修有3层高的大楼和办公室。为了使人们上下桥方便，还修有桥梯和电梯。

　　此外，长江大桥工程还包括接通长江南北铁路线的全部桥梁、涵洞和公路联络线4.5公里，把武昌、汉阳、汉口3个城市连成一个整体，修建跨越市区街道的"跨线桥"10座。

1956年6月，毛泽东主席到武汉视察工作，那时正紧张地进行施工，巨大的桥墩已经露出水面。看到建设中的大桥，毛泽东主席感慨万千，提笔挥毫写下了豪迈的诗句："风樯动，龟蛇静，起宏图。一桥飞架南北，天堑变通途。"他仿佛看见了已经架好的大桥，龟山、蛇山以自己的身体擎起大桥的两端，大桥平稳结实。桥身像彩虹一样飞过长江天堑，变成平坦的大道。

在建桥过程中以茅以升为首的顾问委员会先后解决了建桥中的14个难题。1957年10月15日全桥落成通车了。中国人民在亚洲的第一大河上，建成了亚洲第一的现代化大桥。

这座大桥，完全是靠我国自己的人力、物力、财

力建成的。大桥全部钢梁约2.4万吨，其中绝大部分是由我国鞍山钢厂供应的。大桥建成仅用两年时间，比原定时间缩短两年，这在中国桥梁史上创造了快速建桥的最新记录。

长江自古被人称为"不可飞渡"的"天堑"。唐朝诗人李白面对烟波浩渺的滚滚长江，写下这样的诗句："白浪如山那可渡，狂风愁煞峭帆人。"三国时期曹操的儿子曹丕带领人马东征孙吴，到了长江，见波涛汹涌，无法渡过，仰天长叹："固天所以限南北也。"无可奈何地归去。

可是今天，社会主义新中国就在这波涛滚滚的天堑上架起了雄伟壮丽的人间彩虹，结束了"万里长江

无一桥"的局面。

大桥通车这一天，前来观光的，人山人海，十几万人拥上桥头。

武汉长江大桥建成的消息震惊了世界。茅以升参加国际会议和出访时，许多外国科学团体和大学请他介绍大桥施工经验。他曾先后在日本、英国、法国、意大利等国作过演讲并受到了各国科学家们的高度赞誉。他向国内外人民宣传大桥在建设中出现的各项奇迹，而对他自己在建桥中的功绩却只字不提。

他，茅以升，为了建造武汉长江大桥，倾注了全部的心血，与全体建桥人员同呼吸共命运。为"天堑变通途"立下了不可磨灭的功劳。

——敢叫天堑变通途

桥梁专家茅以升

架起友谊之桥

　　1932年，美国著名科普作家大卫·狄慈写的科普名著《科学的故事》在英国伦敦出版了。

　　茅以升认真地读了，他感到这本书写得通俗易懂。他想："如果把它翻译过来，对那些不懂自然科学的人不是很有用吗？"于是，他把这本书交给正在学习英语的大儿子，让他译出初稿，然后自己又认真地逐字逐句核对了一遍，送交上海中国科学图书仪器公司，于1937年7月出版。

　　这本书像普罗米修斯（希腊神话中的人物）向天帝盗火种给人间以温暖那样，茅以升也是向外国科学

界盗火种，照亮了尚处在封建迷信氛围中的国人的心里。从那时起茅以升开始意识到：科学绝不只是科学家的事情，只有让广大群众懂得科学，才能提高整个国家的科学水平。他立志要把科学通俗化，把人民的智慧再还给人民，在科技和人民之间架起一座桥梁。

1950年8月18日，全国科学工作者代表会议开幕，茅以升被选为全国科技协会副主席。在会上他主张把科学技术知识普及到人民群众中去，特别是培养儿童从小热爱科学，使他们从小受到启发，长大为祖国建设献计献策。他认为科普工作是祖国通向现代化的桥梁，是提高国民素质，培养科技人才的重要工作。

为了向广大人民和少年儿童普及科学知识，茅以升亲自动笔，写出了大量寓意深刻、生动感人的科普读物。

1962年3月4日，他为《人民日报》撰写了《中国石拱桥》一文，文章生动简练，使读者深刻了解到我国石拱桥的概貌。文章开头写道："石拱桥的桥洞成弧形，就像虹。古代神话里说，雨后彩虹是'人间天上的桥，通过彩虹就能上天。'我国诗人爱把拱桥比作虹，说拱桥是'卧虹'，'飞虹'，把水上拱桥形容为'长虹卧波'。"他引用生动的比喻，把弧形的石拱桥很形象地展现在读者面前，后来这篇文章被选进初中语

文课本，使中学生们通过这篇文章了解到我国桥梁史概貌。

1963 年 2 月，《人民日报》连载了他写的《桥话》。文章用生动的文学语言深入浅出地向读者讲了许多有关桥的知识，受到人们的欢迎。一次毛泽东见到茅以升时说："你写的《桥话》我都看了，写得很好。想不到你不但是个科学家，还是个文学家呢！"对《桥话》作了很高的评价。

作为科学家，茅以升特别重视对少年儿童进行科学技术知识教育，他谆谆教导青少年要爱科学、学科学、用科学，只要是有利于青少年学习科学技术的事情，他总去支持他们。

1955年8月9日，茅以升在北海少年宫参加了一个少年儿童晚会。参加这个晚会的都是少年科技爱好者，他们当中最小的只有9岁，最大的才15岁。茅以升细心地参观了孩子们亲手创造出来的上千件科技作品，有奇禽异兽的模型，有原子能发电站的模型，还有许多惹人喜爱的艺术品，其中不少展品都是孩子们用废料制成的。他又观看了孩子们用精致的模型表演的电动铲土机铲土、人工降雨等。他感慨万千地说："今天我好像走入了科学的迷宫，看见孩子们的聪明才智，我真是万分高兴，他们是一支强大的科技后备军，想想中国数千年的历史上，何时的儿童曾经有过这样的一天，我们的党真是太伟大了。"

"烈士暮年，壮心不已。"82岁高龄的茅以升照例像往年那样参加"六一"国际儿童节的科技活动，与孩子们共度佳节。他在上海少年宫接受了孩子们献给

桥梁专家茅以升

敢叫天堑变通途

他的红领巾，并且讲了自己童年的故事。他发现孩子们特别愿意听，不时发出欣慰的笑声。当天深夜，他不顾体弱多病，为上海《儿童时代》杂志写了一篇题为《从小得到的启发》一文。文中叙述了他少年时代受许多小事的启发，促使他发奋立志。比如，文德桥倒塌，激发他立志造桥。又如，他为了锻炼记忆力，把数学里的圆周率小数点后边的100位都背诵下来，由此谈到记忆的奥秘。从小得到的启示，可以成为一个人毕生的志愿。文章虽短，意味深长，影响巨大，耐人寻味。

哪知文章一发表就招来了一场新的挑战。

挑战者是北京育民小学的三年级学生樊晓晖。他是个天文爱好者，看到《从小得到的启发》一文后，暗暗下决心："学习天文要掌握许多数字，计算星球的体积，要用精确的圆周率，我要学习茅爷爷，锻炼自己的记忆力。"于是，他起早贪黑地背诵圆周率。

1981年7月7日这天，樊晓晖和9名少先队员到茅以升家里过科学队日。他要求与茅爷爷当场比试，看谁先写完和写对圆周率小数点后边100位数字。茅以升童心大发，高兴地说："好啊，60多年来我从没遇到过对手，现在遇到了，而且是个9岁的小朋友。来，咱们每人拿张纸，当场写一写。"樊晓晖拿到纸后，笔下的数字就象淙淙的泉水一样流了出来，他竟然比茅以升快了2秒钟。可是，当他拿到茅爷爷写的圆周率时，发现茅爷爷写的是101位，比他多写了一位。想了半天，不解其中意。茅以升亲切地把他搂在怀里笑着说："圆周率小数点后边的数字是无穷无尽的，科学发展的道路也是无穷无尽的，我们千万不能满足现状，更要不停地努力向前啊！"这意味深长的话语，打动了在场的每个孩子的心灵。樊晓晖捧起茅爷爷的答卷说："茅爷爷，把它留给我们做个纪念吧，我一定牢记您的话。"

晚年的茅以升用自己毕生获得的科学知识和爱心，交了无数个青少年朋友，架起了一座科学技术知

敢叫天堑变通途

桥梁专家茅以升

识通向广大人民和青少年的人间"彩虹"。

茅以升不但同青少年朋友架起了友谊之桥，而且把这座桥伸到五洲四海。

新中国成立后，成功建造了武汉长江大桥的消息震惊了世界。日本东京土木工程学术报告会、葡萄牙里斯本国际桥梁协会第五次国际会议、英国伦敦41国国际土力学会议、法国巴黎的中国留学生，纷纷邀请茅以升到会作关于武汉长江大桥新的施工方法的报告，受到各国科学家与中国留学生的赞誉和好评。

1951年4月12日，以茅以升为副团长的中国科技代表团前往捷克斯洛伐克首都布拉格，参加世界科协第二届大会，会议期间茅以升拜见了大会主席——居里夫人的女婿、法国著名物理学家约里奥·居里。茅以升精通法语，他们亲切地交谈，十分友好。1965年6月13日，茅以升访问巴黎时，再次拜访了约里奥·居里先生，约里奥·居里激动地说："茅先生是中国著名的桥梁专家，为增进中法两国人民的科学文化交流，架设了一座友谊的桥梁。"

茅以升访问过许多国家，同不少著名的科学家结下了深厚的友谊。

1979年6月18日，应美国工程师联谊会的邀请，84岁高龄的茅以升率领"中国科学技术协会赴美友好访问团"飞赴美国访问。

到达美国的当天晚上，全美华人协会为代表团接风洗尘设宴招待。出席招待会的都是留美华侨和美籍华人科学家，其中不少是茅以升在唐山交大、天津北洋大学、浙江东南大学教书时的学生。茅以升即兴讲话："我终身建造物质的桥、精神的桥、友谊的桥。我先后9次出国，访问14个国家。这次访问美国，可能是我一生中的最后一次了，我要在这里为你们架起一座通向祖国的友谊之桥，为你们打开报效祖国的大门。希望你们沿着友谊之桥到祖国去，把你们先进的学术、科技成果引进祖国，为了振兴中华民族，付出自己的知识与力量。海外赤子谁不盼望祖国繁荣昌盛，成为东方的巨人。"

敢叫天堑变通途
——桥梁专家茅以升

　　茅以升的一席肺腑之言，说得大家心潮起伏，热泪盈眶。会后马上就有人表示一定要在短期内回国讲学，为祖国效力。

　　茅以升当年的得意门生——林同炎博士，在美国享有盛名。1972年2月23日，尼加拉瓜首都马那瓜发生强烈地震，全城许多建筑变成一片废墟，可是林同炎教授采取特殊钢筋混凝土设计建造的18层高的抗震美洲银行大厦却屹立如昔。他设计的横跨美国加州大河的一座弧形大桥，构思巧妙，既美观又经济实用，荣获了美国全国建筑设计比赛第一名，并荣获美国建筑学会颁发的荣誉奖。他著的《预应力混凝土工程》一书，成为全世界最受欢迎的大专院校课本和参考书之一，被译成中、俄、日、西班牙等文，成为全世界有名的预应力混凝土学专著。因此，他被誉为"预应力先生"，"美国预应力的功勋人"。国际预应力协会颁发给他奖章，美国预应力协会设"林同炎奖"，加州大学授予他"终身荣誉教授"称号。

林同炎教授及其助手陈乃东先生都是茅以升当年在唐山交大当校长时的学生。1978年，林同炎回国探亲，与茅以升在北京欣喜重逢。这次茅以升访美，他们师生又见面了。茅以升与林同炎教授促膝长谈，并到林同炎教授家中做客。临别时，茅以升意味深长地对林同炎教授说："愿你继续为炎黄子孙争光，为祖国作出卓越的贡献，获得祖国给予的荣誉。"林同炎教授表示愿在工程建设和为祖国培养人才方面作出自己的贡献。在此前后，他多次回国讲学，并协助中国土木工程学会派遣科技人员赴美进修。他还以成都西南交大校园为基础，复建了唐山交大。他还提议开发上海市浦东地区，为我国的改革开放献计献策。

美国之行，茅以升的收获是很大的，他满载着在美国的中华儿女的深情厚谊和海外赤子之心归来，共同为国家的富强而奋斗。他在太平洋上架起了一座友谊之桥、报国之桥。

1989年11月12日，茅以升因病在北京逝世，终年94岁。一颗科学巨星陨落了。

他为了祖国和人类的桥梁事业奋斗了一生，爱桥胜过爱自己的生命。他不仅设计建造了一座座宏伟壮观、坚固实用的道路桥梁，而且还架设起一座座友谊之桥。

他本是一个普通的孩子，只是由于无限的奋斗，才把他造就成一代科学明星，才把他童年编织的"彩虹"梦想变成永恒的现实。

他去了，但他的英魂却伴随划时代的大桥，共同化作彩虹，永远留在祖国的江河大地上。

五洲架彩虹

茅以升不仅是物质桥梁的建筑大师，而且他也致力于建造精神方面的桥梁。解放以后，他担任全国科协、北京科协的领导工作几十年，一直把加强国际交流作为科协三方面的重要工作之一。他先后访问了14个国家，为加强中国人民同各国人民、科技人员之间的了解和友谊，中国和其他各国科技、文化方面的交流与合作，扩大我国在国际上的影响，不辞辛苦，奔走活动，不愧是沟通海内外友谊之桥的工程师。

1951年4月12日，在世界科协第二届大会布拉格分会上，茅以升发表讲话，报告了大会在巴黎召开的情况，并对会议的有关问题作了说明。

会议闭幕后举行记者招待会，记者对中国科学家提出了一些问题，内容涉及到新中国的经济、文化、科技的状况等，中国代表团一一

做了回答，增进了世界人民对新中国的了解。

1954年10月24日，以茅以升为团长的中华全国科技协会代表团访问前苏联。在苏联期间，他们参观莫斯科市容、莫斯科大学，听取了苏联科学家的报告，接着又应邀参观苏联农业展览馆、列宁博物馆、地下铁道等。苏联社会主义建设的巨大成就和先进的科学技术给代表团成员留下了深刻的印象。接着代表团去列宁格勒、顿巴斯和基辅等地参观，参观完毕后回到莫斯科又参观了铁道研究所。担任中国铁道研究院院长的茅以升由所长引导特别细致地参观了试验室，看了信号灯，磨耗试验

机，金属防腐试验，震动压力试验室，他还特别参观了环形铁路（1932年建造），并做了非常详细的笔记。访问参观持续了一个多月，大大增进了两国科技界的了解和交流。

1960年9月28日，茅以升担任中苏友好协会代表团副团长再次访问苏联，受到了热情友好的接待，苏中友协及对外友协隆重举行庆祝我国国庆的招待会，代表团所到的莫斯科、明斯克、里加等城市都举行庆祝我国国庆的大会和文艺晚会，演出了丰富精彩的节目。访问期间，代表团参观了工厂、学校、集体农庄，同前苏联工人、学生、农民进行了广泛的接触，增进了中苏两国人民的友谊。

1955年12月1日，茅以升随中国科学院代表团到达日本东京进行友好访问。由日本土木工程学会安排，在东京宝冢剧场，茅以升作了专题报告，向日本朋友介绍了新中国建立以来的建设成就和武汉长江大桥施工的先进技术，受到了日本科学家及各界人士的赞扬，报告不

——敢叫天堑变通途
桥梁专家茅以升

时被经久不息的掌声所打断。

学术报告会结束时，日本土木工程学会会长把日本桥梁专家友永和夫介绍给茅以升。友永和夫面带歉疚的表情，恳切地说："……年，我随日本侵华军队去杭州，后来为了临时军用，主持修理被炸毁的钱塘江大桥。我对大桥作了全面细致的考察和研究，觉得无论是设计还是施工方面水平都很高，很值得学习。当时内心里就对你深为钦佩。"茅以升说："现在大桥已完全恢复原样了，欢迎你有机会再去看看。"友永和夫听了赞叹不已，说："今后，但

愿中日两国人民加强交往，世代友好……"

接着，茅以升又在东京大学、京都大学作了同类内容的报告，都受到了热烈的欢迎。

1956年4

为副团长，王雪涛、李霁野等为团员的中国文化代表团去意大利参观访问。代表团首先参观了罗马大学、罗马大戏院，五天之后来到意大利第二大城市米兰，参观了意大利最大最好的斯卡拉大剧院，并观看了根据法国著名作家小仲马的名作改编的歌剧《茶花女》。还参观了米兰市科学技术博物馆（现命名为达

馆），看了正在举行的达

26日代表团离开米兰乘车到达意大利东北部著名的水上城市

威尼斯是意大利著名探险家马可

乡，150多条水道把这座水城切割成

岛。400多座桥梁连接各小岛，把整个水城联成一体。这座水上都市每年都吸引了几十万游客，是驰名世界的旅游胜地。

　　茅以升参观了水城最壮观的阿里托大桥，这是一座用大理石砌成的独孔桥。参观之后，茅以升抒发了自己的感慨：过去我对马可为什么总是赞美我国的古桥，而威尼斯那么多的桥都不能引起他的兴趣一直感到不可理解。现在到实地一看，总算解开了这个疑问。阿里托大桥，虽然壮观。但在建筑设计上还是比建桥时间早于它300多年的中国卢沟桥逊色，难怪这位探险家于公元1292年亲眼看到这座以石狮雕刻闻名世界的卢沟桥，要称赞它为"在世界上也许是无可比拟的桥"了。

　　1965年6月11日，以冀朝鼎为团长、茅以升为副团长的中国文化代表团飞抵法国巴黎，开始了对法国的参观访问，代表团参观了雄伟的埃菲尔铁塔，著名的建筑巴黎圣母院。接着茅以升等又到巴黎艺术珍品所在地参观，这里的珍品总数约有国的艺术宝藏。他们还参观了国家博物馆、凡尔赛宫、国家图书馆、桥梁研究中心等地。

7月11日，茅以升与画家王雪涛、音乐家郎毓秀等人拜访了世界著名画家毕加索。毕加索于1881年生于西班牙，他早年在巴塞罗那和马德里美术学院求学，立体画派的创始者，其作品对西方画坛影响很大。

　　茅以升等来到毕加索的住宅，毕加索非常高兴，与同样好客的妻子一起热情接待他们，并写了中国字，给每位中国客人画了一张画作为留念。音乐家郎毓秀唱了一首歌，毕加索夫妇颇为欣赏。茅以升高度赞扬了毕加索的艺术成就，并表达了中国代表团的问候。毕加索连声道谢，并兴奋地摘下院内树上的桂花，分送每人一枝。

　　告别时，毕加索站在门口挥手相送，茅以升一行则挥动桂花表示感谢。

　　此外，茅以升多次在国外宣传新中国建设成就，宣传中国人民怎样靠着"自力更生"精神建成武汉长江大桥，受到听众普遍赞扬。

　　1979年6月28日，茅以升应邀前往母校加里基大学访问。回到阔别

看到这里已由工学院发展成为规模完整的大学，但当年读书听课的土木系楼依旧存在，展览室内的陈列品琳琅满目，茅以升

的博士论文《框架结构之次应力》文稿陈列在显目之处，人们争相欢迎该校的第一位工学博士。

　　在欢迎会上，学校举行了隆重的授章仪式，校长赛亚特亲自颁给茅以升一枚镌刻着地球橄榄枝图章的"卓越校友"奖章，这种奖章

是奖给在世界工程技术方面作出突出贡献的校友的。授章之后，校长在讲话中对茅以升的成就作了高度的评价。茅以升也发了言，他首先对学校安排的这一切表示感谢，然后激动地说："我要在余年为人类的科学事业，为增进中美人民的友谊作出更大的贡献。"

会后，匹兹堡各大报纷纷在显要位置介绍了茅以升的简历、成就，并刊登了茅以升接受"卓越校友"奖章的照片。

6月29日，茅以升又访问了另一母校康奈尔大学，校长、土木系全体教师热烈欢迎这位异国校友，学校举行了盛大的招待会。宴会后，梁达教授陪同茅以升游览美丽的校园，茅以升的记忆力很好，一一打听当年的老师及学校的其他情况，最后他问道："那大钟还敲吗？那可是康奈尔的标志。"梁教授看了看表说："还有两分钟。"果然不多久，那悠扬悦耳的钟声响起来了，茅以升深情地笑着说："还和当年一样好听，我好像又回到学生时代了。"

茅以升等在美国期间，广泛地同留美华侨及美籍华人科技人员接触，热情地宣传我国科技方面的大好形势，宣传我国建设四个现代化国家的美好前景，对他们在科技事业方面的成就表示祝贺，勉励他们为祖国建设贡献力量。这样的座谈会、聚餐会举行了几十次，最感人的一次是匹兹堡全美华人协会的聚餐会。这次聚餐会由在匹兹堡定居的茅以升的女儿茅于璋和女婿汤靖孙博士操持，本地华人中国友人参加，聚餐会规模大，形式别致，由每个到会者自带拿手好菜一盘，招待访问团全体成员。全

美华人协会匹兹堡分会会长首先讲话，高度评价了茅以升在世界工程技术方面的贡献。茅以升在会上发表了激动人心的演讲，他说，我们中国科协"准备做一个桥梁，一头是中国的科学技术界，一头是美国科学技术界的中国同胞。我们愿意搭这样一个桥梁，让各位在桥上走过。""欢迎各位有机会回祖国来参观访问，更欢迎各位能回国，或讲学，或工作，或短期，或长期，我们都欢迎。"并表示愿意通过这座桥梁，把海外赤子们先进的学术、科技成果引进祖国，使他们报效祖国的愿望得以实现。

　　1982年10月27日，86岁高龄的茅以升应美国国家工程科学院的邀请，又一次赴美，接受该院授予的"外籍院士"的荣誉称号。

　　11月3日是美国"全国工程学会"的第十八届年会。这届年会新选的国内院士

院士6人。这是美国工程技术界最高的荣誉，也是世界工程技术界人士所向往的荣誉。茅以升由美国全国工程学会柏尔金·罗伊先生等

学家推荐，后又经层层筛选，历经年余，方才定夺。他是中国第一个获得该学会的外国院士称号的科学家。著名的物理学家吴健雄博士也莅临会场，向茅老祝贺。

会场主席是柏尔金先生，他是美国工程学会的主席。

会议把新院士的事迹和成就向与会人员重点介绍，首先介绍美国国内新院士，接着介绍外国院士。

当介绍到茅以升的事迹时，全场一片肃静。主席介绍了茅以升在中国修建钱塘江大桥

的艰险经历，认为该桥建筑上对几个难题的突破，在国际桥梁史上也是值得大书特书的。他在教育上的理论和实践也引起与会者的极大兴趣，主席柏尔金先生特地走下主席台，亲自给坐在轮椅上的茅以升颁发证书并别上一枚蓝玫瑰会徽。使他感到惊奇的是茅以升左胸前已佩戴有一枚同样的会徽了。原来这是柏尔金先生1979年来华时，赠给茅以升的。"你是我们新院士中唯一拥有两枚会徽的人。"柏尔金主席幽默地笑着说，会场上立刻爆发起雷鸣般的掌声。茅老也从轮椅上站起欠身致谢。

会后，许多与会者走到茅老身边与他握手道贺，对他远道前来赴会表示敬意。在出席了美国工程学会举行的盛大招待会以后，中国驻美大使柴泽民夫妇、柏尔金先生、茅以升的故旧好友也举行盛宴招待茅老一行。在茅以升的好友、美籍华人、教授赵曾珏先生举行的宴会上，茅以升回忆起40

大桥时，无法与江底互通消息，赵先生帮助我

们用微波电话联系。只有微波电话能依直线发射，透过水面传到江底。赵先生是电讯专家，希望能回国观光讲学。"赵先生当即表示："我对祖国前途充满信心，今后一定多去祖国讲学，共同振兴中华。"

孩子是祖国的明天

茅以升一生都喜欢与少年儿童在一起，他常说："孩子是祖国的未来，他们将是实现四化的主力军，爱孩子就是爱祖国的明天。"

新中国成立后，茅以升在1950年全国科学工作者代表会议上主张要"培养儿童热爱科学，使他们从小得到启发，为祖国建设而立新功"。之后他经常说："这是我们老科学家的愿望。"

茅以升特别热心支持少年儿童的科技活动。在他看来，少年儿童就像一株株幼苗，要使他们从小爱好科学技术，就要给他们提供好的环境，使这些幼苗茁壮成长。因此，只要是有利于青少年学习科学技术的事情，他总是积极参与。

1955年8月10日，茅以升去参加全国少年儿童科学技术和工艺作品展览会，看到了他们的全部展品。在一个由汕头小学制作的治淮工程模型上，他仿佛看到了孩子们热爱祖国的心在跳动；在原子能电站的模型上，看到了孩子们对科技新时代美好明天的向往；还有那能走、会飞，可以游水的动物标本，以及各种动力工具模型，可见他们对大自然的浓厚兴趣和征服自然的雄心。茅以升边看边夸："这一代的孩子真有出息。"

回家之后，茅以升感慨万分，欣然提笔，在《光明日报》上发表了题为《检阅了我们科学大军的后备力量》的文章，热情赞扬了少年儿童是科学大军的后备力量，是未来的科学大军。

1964年，茅以升又在《文汇报》上写了一篇《培养儿童热爱科学》的文章，再次阐述对

儿童进行科学教育的意义，并认为这是科技工作者"义不容辞的革命责任"。

茅以升所著的《中国石拱桥》被选进初中语文课本以后，在中学师生中产生了很大影响，许多教师备课时反复思考研究这篇文章。1977年，北京九十六中初二年级的几位青年教师，在讲这篇课文时，碰到一些疑难问题，便写信向茅以升请教。信发出后，他们又觉得办事欠考虑，因为茅以升已年过80，工作又忙，不该打扰他，因此对回信也不抱什么希望。谁知，两个星期后，一位教师喜出望外地举着一

封信，激动地说："看，茅老回信了！"信中说，欢迎老师们去他家做客，还把他家的门牌号码，乘车线路，下车地点都写得一清二楚。

当老师们来到茅老家中，他亲切地说："你们对桥梁感兴趣，对教学这样认真，我很高兴。要说桥，它的含义很广，在我们生活之中，有物质的桥，还有精神的桥、友谊的桥。书信往来，使我们相识，这就架起了一座友谊的桥！"茅以升这番热情洋溢的话语，一下子拉近了他们之间的距离，老师们初见名人的拘束感顿时消除。接着茅以升又给大家讲了石拱桥的许多知识，讲了中国桥梁史。为了把问题讲透，他拿出一本本画册，指着图形讲课。临别时，他还把自己精心积累的关于桥梁的三大本剪贴资料借给大家参阅。

老师们拜访茅以升，感到收益很大，既解决了疑问，又领略了茅以升知识的渊博和讲课的风采。他们想：要是能让学生听听茅老的讲课那该多好啊，于是就冒昧地请茅以升在适当的时候给学生做科学报告，想不到茅以升一口答应，不巧的是茅老不久因病住院，学校只好取消这项安排。可是，过了一些天，学校突然接到茅以升的电话，他要来给学生们做科学报告。

1978年1月9日，正是茅以升82岁生日那天，茅以升来到九十六中学，给同学们做科学报告。他刚走上讲台，少先队员便尊敬地给他戴上鲜艳的红领巾，使他显得年轻了许多。

茅以升从文中的赵州桥讲起，介绍了它的悠久历史和中国古代劳动人民的智慧才能。然

后说，德国泰克河上的赛雷桥，比赵州桥晚了700年才出现，而且早已不存在了，而赵州桥至今仍保持着当年的雄姿，这是令我们中国人感到无比荣耀自豪的。我国古代劳动人民又创造了举世闻名的奇迹

千米跨海石桥。修桥时遇到许多困难，因水深浪大无法打桩，熟悉水性的当地群众，利用每天海潮涨落的规律，向海底抛下许多石块，将海底填高数米，成为一道海底石床。为了使石块彼此粘连起来，不被海水冲散，他们又想了一个巧妙的方法。这就是用一种可食用的软体动物——牡蛎来固石。利用它们在生长期内彼此集结成片，牢牢地附在岩石上的生活习性，在石堤上养殖牡蛎，使海中石块紧紧连为一体，成为坚固的桥下基础。宋代有诗赞曰："跨海飞梁叠石成，晓风十里渡瑶琼，雄如建业虎城崎，势若常山蛇阵横。"这样筑成的桥下基础，在现代桥工中称为"筏形基础"。国外最早运用这种方法还不到

900年前就运用了，这是划时代的杰作，是我国古代劳动人民对人类作出的巨大贡献……

不知不觉，报告会进行了一个半小时，同学们个个都听得入了迷。会后他们纷纷查找茅以升写的有关桥梁的科普文章，阅读研究。他们当中出现了许多"桥迷"，后来，有些人考入大学专攻桥梁专业，一直与茅以升保持密切联系。

在1978年到1981年期间，茅以升先后在人民大会堂、北京音乐厅、大众剧场、人民剧

场、少年宫、学校等地，为孩子们做了
科学报告，到会听众共达

　　茅以升因关心、热爱、培养儿童的感人事
迹，被推举为全国少年儿童基金会副主席。他
家的客厅经常是少年科学爱好者的会场。这位
白发苍苍的知识老人身边，聚集着一批又一批
的少先队员。孩子们亲切地称呼他："我们的
茅爷爷。"

　　1979年4月11日，《中国少年报》刊登了
一篇题为《怎样对待作业》的通讯。文章介绍
了北京市三里河第三小学的少先队员们访问全
国科协副主席茅以升的情况。配合文章内容还
刊登了茅以升在客厅里和孩子们谈话的照片。

　　4月17日，河南省新乡市新华区解放路第二
小学的同学们看到这份报纸后，深受启发。三
四两个年级的少先队员们给茅爷爷写了一封
信。信中说："茅爷爷您已

在做作业（写稿）。您说：'为了四化，要活到
老，学到老，写到老，干到老！'这是火一般的

热情。您嘱咐我们：'孩子们每天看到红领巾，就要想一想，作业认真做了没有？不认真做作业对不起红领巾啊！'这是多么亲切的关怀呀！我们决不辜负您的期望……"信中还请茅爷爷担任他们的校外辅导员。

为了表达对茅爷爷的心意，他们每人从家里带一个鸡蛋送给这位老科学家。两个年级共128个学生，交来的鸡蛋却是觉得自己家里的鸡蛋小，每人都多带了一个。他们请木匠叔叔帮助做了一个木箱，火车站的阿姨帮他们找了一些锯末，把鸡蛋和锯末一层层地隔好安放在木箱中送到火车站行包房。这些鸡蛋，带着少先队员对老科学家崇敬的心

情，乘特快列车被发到了北京。

4月25日，茅以升收到了这份珍贵的礼物。当时，他正准备率团出国访问，终日都很繁忙。家人劝他等回国后再给孩子们复信，他却说："对孩子们的事一定要及时办理，说到做到。"于是，他拿出20元钱请中国少年儿童出版社的两位朋友，帮他买了

寄给孩子们，他连夜复信，鼓励他们努力学习科学文化知识，提高思想觉悟，为将来攀登科学高峰奠定坚实的基础。信中还表示，接受邀请做他们的校外辅导员。

茅以升和家乡的孩子们心连心，时刻关怀着他们的健康成长。

1979年春，茅以升为新创办的《镇江科技报》寄来自己的回忆录《征程六十年》，同时寄来自己的一张照片和毛笔字题词："广泛开展科普活动，为向四化进军作出卓越贡献。"

报纸印出后，中小学生争相传阅。镇江市二中团委和少先队联合举办了"学习茅以升爷

——桥梁专家茅以升

敢叫天堑变通途

爷,从小立志攀高峰"的主题报告会。这次活动激发了同学们从小爱科学、学科学、用科学和立志为祖国四化勤奋学习的热情。会后,语文教师以此为题布置了作文,许多班级还出了墙报、黑板报。初一年级的少先队员们,集体向茅以升写了信,市科协将此次活动情况拍成照片,制成影集,向茅老作了汇报。

茅以升接到孩子们的信和影集后,非常感动,他给二中的同学们写了一封热情洋溢的回信,信中写道:

你们是我故乡的小朋友，我很爱你们。中学在一个人的学生时代中是最重要的阶段，殷切地期望你们学科学、爱科学，打下各门功课的扎实基础，长大了才能成为建设祖国、建设家乡的优秀人才。我已经85岁了，虽还想竭尽心力为祖国的科技事业作些贡献，但是毕竟到了接力棒传给后人的时候了。祖国的四个现代化在等待着你们，老一辈科学家也把希望寄托在你们身上，同学们，努力吧！

你们的爷爷

茅以升

　　1984年4月5日，茅以升来镇江参加大百科全书土木工程卷编委会成立会议，他一到镇江就向市政府负责接待的同志问及二中的情况，并把珍藏了三年的影集给市有关领导看，希望能见见二中的同学们。

拓展阅读
TUOZHAN YUEDU

7日上午，茅老在市各有关部门负责同志陪同下应邀专程到市二中看望同学们。当他走下轿车时，早已在林荫大道上列队迎候的全校师生顿时欢腾起来。二中校长代表全校师生向他赠送了校徽，并亲自为他佩戴在胸前；少先队员为茅老献上鲜艳的红领巾和鲜花。茅以升满怀深情地说："我过去总想见见家乡的同学们，今天总算如愿了，我非常高兴。"他还把邓小平同志的要求转赠给大家：你们学习"要面向世界，面向未来，面向现代化"。他希望同学们好好学习，为家乡

的四化建设作出贡献。最后勉励大家："从小立志，振兴中华。"

来到休息室，茅以升兴致勃勃地观看了二中近几年来在课外科技活动方面取得的成绩，听取了学生代表的汇报并与他们亲切交谈。二中物候观测小组的代表，几年前曾出席全国青少年科技作品展览发奖大会，获得银质奖章，受到过茅爷爷的亲切接见。今天，他们再次与茅爷爷见面，心情格外激动，表示一定要把青少年科技活动搞得更好。爱好物理的赵礼嘉同学向茅爷爷汇报了她做实验的情况，他专注地听着，又关切地问道："你们学习电子计算机吗？现在正兴起技术革命的新浪潮啊！"赵礼嘉同学回答："现在还没有，以后会学的。"茅以升高兴地点点头。学校《撷雨》文学社的郭磊同学向茅以升汇报了他们学习写作的情况，茅以升详细地询问了他们活动的时间和内容，亲切地说："文学很重要，文学是基础。你们不仅要练习书面表达能力，还要锻炼口头表达能

拓展阅读
TUOZHAN YUEDU

力，口头表达能力也很重要。"当他听说文学社的张阳军同学获得了市《可爱的中国》征文一等奖时，高兴地和他握手，连声说："很好，很好！"同学们把一本贴有科技活动和镇江名胜风景照片的精致影集献给了茅爷爷。茅以升笑着说："太感谢啦，我留作纪念。"在阵阵欢声笑语中，摄影师为茅以升和孩子们留下了一个个珍贵的镜头。

茅以升回北京后，特地给二中校长写信，谈了这次回到家乡和在二中的感受："日前因

参加'大百科'土木工程卷编委会成立大会。欣见梓里建设新面貌，荷承贵校师生为集会欢迎。回忆1981年9月18日故事会，彼时南北千里遥隔，今欢聚一堂，互通情怀，深感喜慰。两年前寄赠的照片一组，又承重加装帧，汇成一册，可称富有意义的纪念品，特向贵校全体师生敬致深切谢意。"

1985年1月9日是茅以升90寿辰，二中师生致电祝贺。茅以升当即复信，信中写道："承贵校师生为我90岁生日致电祝贺，深感盛情。1984年4月访问贵校时受到热情接待，借此，我

——桥梁专家茅以升

敢叫天堑变通途

谨向贵校师生祝愿学业精勤日进，为振兴中华作出更多的贡献。"

1986年，茅以升已经是90了，但他关心青少年成长的热情丝毫未减。那年北京市举办青少年科技作品展览，阜外一小的同学拿着自己设计的西单立交桥模型向茅爷爷求教。老桥梁专家见到小桥梁设计者格外高兴，他兴致勃勃地从如何造桥讲到如何做人，并与同学们合影留念。会见之后，阜外一小的小桥梁设计者猛增，四十多件立交桥设计方案、模型如烂漫的山花呈现在人们面前。如今，茅爷爷虽然去世了，但他居室里仍然陈列着孩子们送给他的字、画和小礼物，茅爷爷的音容笑貌、谆谆教诲依然深深铭刻在孩子们的心中。

茅以升与严师罗忠忱教授

在茅以升的一生中，与他相处时间最长、对他影响最大，也是他最为钦佩的老师要算是罗忠忱教授了。

罗忠忱，字建侯，福建闽侯人，早年毕业于美国康奈尔大学土木工程系。他回国后，一直在唐山工学院任教，前后达

望重，治学严谨，在全校历届师生中有很高的威望。

茅以升在唐院读书期间，罗先生给他们讲授材料力学、应用力学等基础理论课。茅以升认为罗老师是教学最好的一位老师。他讲得一口流利的英语，讲课时口齿清晰，重点突出，用辞简练，快慢适度，启发性、逻辑性很强，很受学生欢迎。

罗教授对学生要求十分严格，经常进行课堂笔试，事先不通知，随时出题发纸考试，规定时间为20至30分钟不等，到时必须交卷，否则以零分计算。计算题答案规定取三位有效数字，用计算尺计算只准第三位数有误差，否则也以零分计。

对此，茅以升感到严得过分，一次，他直

率地向罗教授求教："先生，您要求学生是否太严了？这样求真，学生劳累，您也增加负担，更加辛苦。"

罗教授一点也不生气，耐心真诚地回答："以升，你是立志造桥的，桥梁关系着多少人的生命财产的安全，咱们搞工程设计，如果数字有错，日后建桥，岂不酿成大祸？所以求学时就要养成严谨认真、一丝不苟的作风，计算数字非进行强化训练不可。你说说是不是这个道理？"

以升茅塞顿开，当年南京秦淮河上文德桥倒塌的情景又浮现在他的眼前，他想：建桥大师笔下关系到整体建筑的成败和千百万人的生命安全，可不能有一丝一毫的差错啊！

　　罗教授为人正直，铁面无私，他的侄儿罗孝洛也在唐校读书，有一次主课考试不及格，补考得了59分，仍不及格，罗教授毫不留情地将他留了一级，因而延迟一年毕业，为此事，全校同学都对他非常景仰。

　　茅以升是罗教授的学生，又是他的同事和朋友。茅以升在美国获得工学博士学位时，罗教授写信邀请以升回唐校任教，从此以升与老师朝夕相处，更切身地感到老师的崇高品德。罗教授严谨认真的教学态度和正直无私的品格给茅以升十分深刻的影响，他的日常生活作风，也成为茅以升担任教授及其他职务时的良好风范。茅以升说过："如果说对我有重大影响的好老师，不是别人，正是罗忠忱教授。"

　　罗教授一生献给教育事业，为祖国培养出

了许多工程技术、科学研究方面的人才。如蜡烛一样点燃自己而照亮他人。解放前"中央研究院"选院士，罗教授是候选人之一。但罗教授只因专心教学没有著述而落选。老师无私奉献可赞，失去院士荣誉可叹，偶尔谈及此事，茅以升为之惋惜。罗教授却豁达地说："我视功名淡薄，只求弟子遍天下，智慧才能献给学生，则心满意足了

罗教授在政治上也倾向进步

1941年国民党发起反共高潮时，国民党三青在校内活动猖獗，罗忠忱在全校大会上公开

斥三青团的活动，并提出"教授治校"、"反动党团退出学校"的进步口号。

解放后，茅以升每赴唐山总是先去拜访罗教授，视其为终生的老师。一次，茅以升得知罗教授脚上生鸡眼行走不便，他在北京四处询问，好不容易托人买到刚刚上市的海绵鞋垫送给老师，罗教授非常高兴，念念不忘。

罗教授1972年去世，终年
会时，茅以升送了一副挽联："建侯师座千古：从学为严师，相知如契友，犹记隔海传书，为促归舟虚左待；无意求闻达，有功在树人，此日高山仰止，长怀遗范悼思深。受业茅以升敬挽。"真实表达了师生之间的交往、友谊和对导师的钦佩怀念之情。

茅以升的同窗好友李乐知

茅以升晚年在总结唐山路矿学堂求学体会时说过："引路是成功的前奏曲，少年时代，治学——罗教授引路；自学——

由此可见，李乐知在茅以升心目中的地位以及二人的关系实非一般。

李乐知又名李俨（1892—1963），福州人，是茅以升在唐山路矿学堂的同学，他们对数学都有浓厚的兴趣，共同的爱好使他们进校不久便结成好友，平时他们常在一起切磋琢磨数学问题。放假时，李乐知常到南京茅以升家中。茅以升的祖父是数学爱好者，有不少数学方面的藏书，李乐知到茅家后就如饥似渴地阅读。茅以升有时与他一起读书，有时一起讨论，演

算习题。

李乐知在校勤勉好学，学习成绩很好，但由于家境窘迫，交纳不起学费，只读了一年就离开了学堂。临别时，茅以升含泪相送，书赠条幅："海内存知己，天涯若比邻。"

李乐知离开学校后，茅以升时时惦念着他，经常寄书给他自学，保持着正常联系。由于坚持多年的刻苦自学，李乐知提高很快，在陇海铁路线工作的

程师、副总工程师，最后升任总工程师，为人民建造了由甘肃兰州到江苏连云港出海的铁路与继续兴建的兰新铁路，成为新疆与内地联系的东西大动脉。在筑路期间，他风餐露宿，艰苦备尝，工作之暇，仍以书为友，研究中国数学史，从未间断。茅以升赴美学习时期，主攻桥梁工程，而选择的第一副科是高等数学，同李乐知可谓是志同道合。他们经常书信来往，研讨问题，交流自学的经验和体会。茅以升在回国前后写成的两篇中外圆周率历史考证的论

——敢叫天堑变通途
桥梁专家茅以升

文，都曾得到李乐知的帮助与指点。

1955年，李乐知任中国科学院科学史研究所所长，出版了《中国数学史》及一系列有关数学史的论文，许多著作还被译成俄、英等国文字在欧美出版。

李乐知是一个既精通科学理论，又通晓工程技术的科学家。他常带着工程实践中的问题，钻研理论，并把研究成果应用到工程技术上，从而不断提高自己的科学理论修养。由于他成就突出，被选为学部委员，1956
国出席第八届国际科学史大会，1959
全苏科学史大会，并在会上报告中国科学史的

研究情况。

1963年1月14日，中国著名数学家李乐知在北京去世。他留下遗言：将自己50买的古代算术书籍捐赠给中国科学院。在北京科技界举行的追悼会上，茅以升亲自为这位少年时代的同窗、相处50年的好友致悼词。直到晚年，茅以升仍然缅怀这位给他自学引路的好友："乐知友自学成才锲而不舍的精神，严谨认真的科研态度，永远值得热爱科学的青年们学习。"

中华魂·百部爱国故事丛书
提　要

《誓与禁烟相始终——民族英雄林则徐》

林则徐严禁鸦片，坚决抵抗西方列强的侵略，坚持维护国家主权和民族利益。他是中国近代历史上第一位睁眼看世界的人，是抗击帝国主义殖民侵略的第一人，是中华民族抵御外侮过程中伟大的民族英雄。

《血洒虎门御敌寇——抗英将军关天培》

民族英雄关天培，在第一次鸦片战争中为了抗击英国侵略者的入侵而血洒虎门，为国捐躯，谱写了一曲可歌可泣的英雄赞歌。关天培用他的生命，书写了中国人民反抗外侮的历史。

《威震镇海靖节魂——抗敌英雄裕谦》

在第一次鸦片战争期间的众多牺牲者中，有一位官阶最高，他就是两江总督裕谦。裕谦与外国侵略者斗争立场坚定，与国内妥协派、投降派斗争态度坚决。裕谦督战镇海，与英国侵略军浴血奋战，临危不惧，以身报国，浩气长存。

《斩邪留正解民悬——太平天国领袖洪秀全》

农民出身的洪秀全，从失意文人到起义领袖，经历了长期的思想演变过程，在外敌入侵、清朝政府腐朽的历史环境之下，顺应时代的潮流，成长为一位非凡的历史英雄人物，建立了与清朝政府相抗衡的农民政权——太平天国。

《仰承汉唐　荟萃中外——近代数学家李善兰》

李善兰是我国19世纪重要的科学家之一，在数学、天文学、力学等方面都有重大建树。他继承了我国古代数学的成就，又以极大的热情传播西方科学文化，"仰承汉唐，荟萃中外"，把自己的一生献给了科学事业。

《严谨治学　勇于探索——近代著名数学家华蘅芳》

华蘅芳，中国近代数学家之一。其精通中国古算学，并熟练掌握西方近代数学，是中国验证抛物线并著书立说的参与者。为了证明"外国有的，中国也能造"而鞠躬尽瘁，在引进西方科学技术、传播科学知识上贡献卓著。

《折冲樽俎护山河——近代著名外交家曾纪泽》

曾纪泽是中国近代史上著名的爱国外交家，在中俄伊犁交涉事件中，他秉承抵抗列强、保卫国家的坚定意志，利用外交手段全力同沙俄抗争，捍卫了国家主权、民族尊严，收回了祖国的领土，在近代中国外交史上留下了光辉的一页。

《甲午海战留英名——民族英雄邓世昌》

邓世昌，北洋水师名将。本书以邓世昌的成长过程为线索，以代表性的历史故事为主要内容，还原真实的历史事件，突出鲜明的人物性格。邓世昌因在中日甲午海战中突出的英雄气概而名垂史册，书写了伟大的爱国主义篇章。

《誓与舰队共存亡——北洋水师提督丁汝昌》

丁汝昌处在清朝政府的腐朽和李鸿章的专断下，难以施展爱国的抱负，壮志未酬，愤恨而终。但丁汝昌为建立近代海军作出的巨大贡献，带领北洋舰队爱国官兵勇抗强敌的英雄事迹，将永远为后代所传颂。

《镇南关上凯歌扬——抗法老英雄冯子材》

1885年中法战争中，年逾古稀的冯子材为抵御外国侵略，勇赴国

难，大败法军于镇南关，并乘胜追击，接连收复文渊、谅山等地，从根本上扭转了中法战争的局面，成为近代民族英雄的杰出代表。

《屡败法军逞英豪——黑旗军将领刘永福》

刘永福是黑旗军的创建者，是农民出身的杰出军事家、政治活动家。在19世纪发生的援越抗法、中法战争中，他率部与帝国主义侵略者进行了殊死的战斗，建立了卓越的功勋，成为我国近代史上著名的民族英雄，为后世所景仰。

《矢志变法强国家——戊戌变法领袖康有为》

康有为是清末民初最有影响力的思想家之一。他领导了中国知识界的启蒙运动，掀起了一场自上而下的政体改革。他最早在中国提出了立宪政体和具体的宪政方案，主张在坚持儒家传统和帝制的前提下，学习西方经验，他的进步思想对近代中国具有深远的影响。

《开民智以报国　普新知而图强——戊戌变法思想家梁启超》

梁启超，中国近代史上著名的政治活动家、启蒙思想家、史学家、文学家，戊戌变法领袖之一。本书以百日维新思想家梁启超的成长过程为线索，以代表性的历史故事为主要内容，还原真实的历史事件，突出鲜明的人物性格。

《我自横刀向天笑——维新志士谭嗣同》

谭嗣同在民族危机的严重时刻，投身改革救中国的洪流。为了带给祖国一个光明的未来，紧要关头，他挺身而出，用自己的鲜血激励后人，把宝贵的生命献给了变法事业。

《睡乡敢遣警世钟——用生命警策国人的陈天华》

陈天华是民主革命的活动家和宣传家。他写的《猛回头》《警世钟》等书，起到了革命启蒙的重大作用。为了激发留日学生的爱国情怀，他不惜投海自杀，演出了近代史上感人至深的一幕，给后人留下了难忘的印象。

《革命军中马前卒——民主斗士邹容》

革命乃"至尊极高，独一无二，伟大绝伦之一目的"；它是"天演之公例，世界之公理，顺乎天而应乎人"的伟大行动。因此，必须"仗义群兴革命军"。他激情高呼："革命独子万岁！中华共和国万岁！"这就是《革命军》的作者，中国近代著名资产阶级革命宣传家邹容。

《休言女子非英物——鉴湖女侠秋瑾》

为民族解放和妇女解放而英勇斗争的秋瑾，冲破封建礼教的思想牢笼，打碎封建精神枷锁，崇仰真理，追求光明，主张共和，坚持男女平等，最终献出了自己年轻的生命。

《血溅校场 杀身成仁——民主斗士徐锡麟》

本书讲述了反清志士徐锡麟弃文从武、投身反清革命事业，最终被清政府杀害的故事。出于对国家的热爱，徐锡麟献出自己的生命，他的事迹将永远激励后人深切缅怀这位民主革命的先驱。

《生可死耳 我志长存——献身民主的禹之谟》

禹之谟，民主革命党人，同盟会会员，近代资产阶级革命家、实业家。1886年，20岁的禹之谟"提三尺剑，挟一卷书"游历四方，研究西方社会政治学说，忧国忧民之心日趋强烈。戊戌变法失败，他丢掉改良幻想，倡革命救亡之说，走上民主革命道路。

《物竞天择 适者生存——资产阶级启蒙思想家严复》

严复是中国近代著名的启蒙思想家、翻译家和教育家。他长期从事教育和翻译事业，为近代中国人才培养和思想启蒙做出了重要贡献，同时他也为中国的翻译事业和中西思想文化交流做出了重要贡献。

《辛亥革命急先锋——资产阶级革命家黄兴》

黄兴，清末民初资产阶级革命家，中华民国开国元勋。黄兴在武昌首义及辛亥革命时期的爱国表现，与孙中山闻名于当时，常被时人以"孙黄"并称。本书以资产阶级革命活动实干家黄兴的成长过程为线索，歌颂了先辈伟大的爱国主义精神。

《矢志革命 百折不回——近代民主革命家廖仲恺》

廖仲恺追随孙中山踏上了创立民国与捍卫共和制的旧民主主义革命

之路；在新民主主义革命时期，他为建立、巩固首次国共合作和实施三大政策，英勇奋斗，为国殉职，洒尽了一腔热血。

《将军拔剑南天起——护国英雄蔡锷》

蔡锷是中国近代史上的杰出军事家、爱国者。他的一生短暂而伟大。辛亥革命爆发，他毅然投身于革命洪流之中，领导云南重九起义，对武昌起义积极响应。袁世凯窃国复辟、恢复帝制的阴谋暴露出来以后，他又毅然举起了武装讨袁的旗帜。

《反帝反封建运动——五四青年的爱国故事》

五四运动是一次伟大的反帝反封建的爱国运动；是一个伟大的历史转折点；是中国人民的斗争从挫折走向胜利的一个关节点，它为中国的前进开辟了一条全新的道路，拉开了中国新民主主义革命的序幕。

《思想自由 兼容并包——著名教育家蔡元培》

蔡元培是中国近现代著名的民主革命家和教育家，一生经历风雨，却始终信守爱国和民主的政治理念，致力于废除封建主义的教育制度，奠定了我国新式教育制度的基础，为我国教育、文化、科学事业的发展做出了富有开创性的贡献。

《为国家争光 为民族争气——中国铁路之父詹天佑》

詹天佑是我国最早的杰出铁道工程师，因主持建造京张铁路而闻名中外，被誉为"中国铁路之父"。他为祖国的铁路事业贡献了毕生的精力。本书向读者展示了詹天佑热爱祖国、科技兴国的辉煌人生。

《实业救国 衣被天下——轻工之父张謇》

张謇是爱国实业家、教育家。他年轻时中过状元。过了40岁，开始投身工商实业活动中，他的名言是"富民强国之本在于工"。在南通，创办大生丝厂、银行等各种实业。并将创办实业的大部分所得投入教育。他的观点是，教育和实业一样，也是"富强之大本"。

《心向革命 追求光明——平民将军冯玉祥》

冯玉祥将军"是一位从旧军人转变而成的坚定的民主主义战士"。

抗日战争期间，他辗转各地，用实际行动积极抗战。日本战败投降后，他为了断绝美国的援蒋内战，又在美国四处演说，揭露蒋介石统治之黑暗，痛斥美国阴谋分裂中国的不良行为。

《刑场上的婚礼——革命烈士周文雍　陈铁军》

周文雍是广州起义的主要领导人之一。陈铁军出身于华侨商人家庭，却毅然投身革命洪流。1928年1月，两人接受派遣，回到广州假扮夫妻从事革命斗争，却不幸被捕。临刑前，两位烈士将敌人的枪声当作自己婚礼的礼炮，用生命和爱情谱写出一曲千古绝唱。

《星星之火　可以燎原——井冈山斗争的故事》

1927—1929年，毛泽东、朱德等老一辈革命家，在井冈山创建了农村革命根据地，进行了艰苦卓绝的斗争，建立了新型革命武装，点燃了工农武装革命之火，找到了农村包围城市最后夺取政权的中国革命的正确道路。

《新民学会的主要发起人——中国共产党早期革命家蔡和森》

蔡和森青年时期曾与毛泽东等人一起组织进步团体新民学会，参加五四运动，并在赴法国勤工俭学时研读大量马克思主义著作，回国后以满腔热忱投身革命事业，成为中国共产党早期重要的理论家和宣传家。

《威震黄浦江畔　高奏抗日壮歌——一·二八淞沪抗战》

面对日本侵略者的挑衅，十九路军在蒋光鼐、蔡廷锴的带领下，高举义旗，奋力一搏。一·二八淞沪抗战，是中国军人捍卫军人荣誉和祖国尊严所发出的吼声，谱写了一曲抗击日军侵略的英雄壮歌。

《将军恨不抗日死——慷慨就义的吉鸿昌》

在国难深重的20世纪30年代，吉鸿昌将军因拒绝执行国民党指示，坚决不打内战，被迫携眷出国"考察"。回国后，他加入中国共产党，组织了民众抗日同盟军，英勇打击日本侵略者，后于1934年11月被国民党反动派杀害。

《献身革命　甘于清贫——梅岭忠魂方志敏》

大革命失败后，方志敏凭着"两条半步枪"起家，身经百战，创建了赣东北革命根据地和红十军。本书真实记录了方志敏投身于革命、领导红军和敌人进行艰苦卓绝斗争的经历，歌颂了烈士贫贱不移、威武不屈、献身革命的高尚品质。

《奏响中华最强音——人民音乐家聂耳》

聂耳在他有限的生命中创作了数十首革命歌曲，在抗日救亡运动中，聂耳的这些歌曲产生了广泛深远的影响。他的音乐创作为中国无产阶级革命音乐的发展指明了方向，树立了榜样。

《横眉冷对千夫指——中国文化革命主将鲁迅》

鲁迅不但是伟大的文学家，而且是伟大的思想家和伟大的革命家。在那风雨如晦的黑暗年代里，他以笔为投枪，同一切帝国主义和反动派进行了顽强的战斗，为中国人民树立了一个不朽的丰碑。他是新文化战线上的一面光辉旗帜，是我们伟大民族的灵魂。

《铁流两万五千里——红军长征的故事》

红军长征是人类历史上的一次伟大的壮举。第五次反"围剿"失败后，中国工农红军的三大主力在极端艰难的条件下，突破国民党军队的围追堵截，进行了史无前例的战略大转移，总行程达两万五千里以上。途中发生了许多动人故事，至今令人难以忘怀。

《荣辱不移革命志——创建陕北红军的刘志丹》

刘志丹是杰出的无产阶级革命家、军事家，西北红军和西北革命根据地的主要创始人之一。他一生热爱人民，追求真理，英勇善战，百折不挠，艰苦奋斗，忠心赤胆，为创建红军和革命根据地、为中国人民的解放事业建立了不可磨灭的功勋。

《英名永存北平城——爱国将领佟麟阁　赵登禹》

1937年7月28日，日军向北平郊区发动进攻。第二十九军副军长佟麟阁奉命在南苑率部与日军苦战，腿部受伤，头部被敌机炸伤，壮烈殉国。第一三二师师长赵登禹指挥部队顽强抵抗日军，右臂中弹负伤，仍继续作战。后在转移途中遭日军截击而牺牲。

《八百壮士　四行仓库铸军魂——谢晋元和他的战友们》

八一三抗战，中国军人以血肉之躯揭开全面抗战的帷幕。这是一场血战，是中国军人不屈不挠的英雄诗篇，其中的八百壮士守四行，成为这首英雄颂歌中最动人、最凄美的音符。一曲四行保卫战，铸就了不屈的军魂。

《八女投江　气贯长虹——八位抗联女战士》

抗日战争时期，以冷云为首的东北抗日联军8名女战士，为捍卫民族尊严，面对凶残的日寇，镇定自若，宁死不屈，投江殉国，表现了中华民族同敌人血战到底的英雄气概。她们的光辉形象，激励着千千万万的后来人。

《艰苦抗战　威震敌胆——著名抗日英雄杨靖宇》

杨靖宇将军是我国著名的抗日民族英雄。曾先后担任磐石游击队政治委员、东北抗日联军第一军军长兼政委、抗日联军总司令等职。领导军民对日寇坚持了长达9个年头的艰苦卓绝的斗争，最终以身殉国。

《死也不当亡国奴——镜泊抗日英雄陈翰章》

陈翰章，从1932年8月投笔从戎，直到1940年12月8日为抗击日本侵略者，战死在镜泊湖畔。他在抗日疆场上奋战了九年，他那可歌可泣的英雄事迹将为人们永世传颂。

《名将殉国　气壮山河——抗日将军张自忠》

著名抗日将领、民族英雄张自忠，生于忧患的时代，抱有"宁为百夫长，胜作一书生"的志向，经历过失败与低谷，最终成就了慷慨人生。本书主要以人物活动为主，勾画出一个真正的"民族魂"鲜活的人生，会带给读者振奋的力量。

《宁死不辱战士名——狼牙山五壮士》

1941年日寇在河北易县"扫荡"。为掩护群众和主力部队撤退，五

敢叫天堑变通途

桥梁专家茅以升

位八路军战士毅然把敌人引上了狼牙山棋盘坨峰顶绝路。弹尽粮绝、无路可退，五位英雄纵身跳下了万丈悬崖，用生命和鲜血谱写出一曲惊天地泣鬼神的壮举。

《太行浩气传千古——抗日名将左权》

左权，中国工农红军和八路军高级指挥员，著名军事家。是八路军在抗日战场上牺牲的最高指挥员。名将阵亡，太行山为之垂首，全党为之悲痛。周恩来称他"足以为党之模范"，朱德赞誉他是"中国军事界不可多得的人才"。

《虎将兴关外 抗倭统雄师——抗联英雄赵尚志》

本书描写了久经考验的共产党员、东北抗联的创建者和主要领导人赵尚志，在艰苦卓绝的条件下，坚持抗战，威震敌胆，战功卓著，忍辱负重，忠贞不屈，为国捐躯的英雄故事，为青少年读者呈上一部爱国主义的佳作。

《黄埔之英 民族之雄——抗日名将戴安澜》

抗日名将戴安澜，先后参加保定、漕河、台儿庄、武汉、昆仑关等战役，作战英勇，屡建奇功；入缅作战，"扬威国外、藉伸正义"；守东瓜，复棠吉；殒身缅北，遗恨丛林，马革裹尸，成就了光辉的一生。

《爱国志士 民主先锋——新闻出版家邹韬奋》

本书讲述了邹韬奋献身新闻出版事业的奋斗历程，展现了一位新闻工作者坚定的革命信念和炽热的爱国主义精神，全心全意为人民服务、为读者服务的奉献精神，歌颂了他的高尚情操和优良品质。

《为抗战发出怒吼——人民音乐家冼星海》

人民音乐家冼星海，青年时期在巴黎求学，饱尝屈辱与磨难；学成后毅然回到多灾多难的祖国，用满腔热忱谱写激昂的音乐，鼓舞中华儿女的斗志；奔赴延安，谱写出不朽的名作《黄河大合唱》，发出中华民族抗日救亡的怒吼。

《全民皆兵　抗击日寇——抗日战争的故事》

中国人民进行的十四年抗战，是一百多年来中国人民反对外敌入侵第一次取得完全胜利的民族解放战争。这场战争是以国共两党合作为基础，有社会各界、各族人民、各民主党派、抗日团体、社会各阶层爱国人士和海外侨胞广泛参加的全民族抗战。

《捧着一颗心来　不带半根草去——人民教育家陶行知》

陶行知是我国现代教育史上伟大的人民教育家、教育思想家。他从青年起就立志献身教育事业，以"捧着一颗心来，不带半根草去"的赤子之心，为人民的教育事业鞠躬尽瘁。

《为民主与和平拍案而起——民主斗士闻一多》

闻一多早年与梁实秋等人发起成立清华文学社。赴美留学期间由对祖国的深深眷恋而创作著名的《七子之歌》。后在西南联大任教8年，积极投身于抗日运动和争取民主的斗争，发表了著名的《最后一次讲演》。

《铁窗难锁钢铁心——革命先烈王若飞》

王若飞是我党早期杰出的无产阶级革命家。在艰苦卓绝的斗争中，他出生入死，屡建奇功，以超人的睿智和胆略，在敌人的监狱中，同敌人展开了殊死的较量，为抗战的胜利和新中国的诞生做出了卓越的贡献。

《横扫千军　还我河山——抗联名将李兆麟》

李兆麟是东北抗日联军创建人之一，他率领抗日联军历尽千难万险与日本侵略者浴血奋战，在极其艰苦的条件下，保存了抗日联军的有生力量，为东北光复做出了重大贡献。

《锄头开出新天地——解放区大生产运动》

为了解决困难，渡过难关，党中央号召党政军民齐动手，开展大生产运动。中国共产党在其控制区域内发动的一场军队屯田和鼓励生产的群众运动，达到了自己动手丰衣足食，共度难关，既进行革命又进行生产自足的目的。

109

——桥梁专家茅以升

敢叫天堑变通途

《生的伟大　死的光荣——女英雄刘胡兰》

刘胡兰，坚贞不屈的少年女英雄。生前对我国劳动人民的解放事业无限忠诚，在敌人威胁面前，大义凛然，毫无惧色，英勇牺牲，表现了共产党员的高贵品质。

《饿死不领美国救济粮——爱国知识分子的楷模朱自清》

朱自清作为爱国知识分子的典型，以锐利的笔锋直言痛斥反动政府的暴行，体现了他崇高的爱国情怀和不畏恶势力的精神品格。毛泽东曾给朱自清先生以高度评价："一身重病，宁可饿死，不领美国的'救济粮'"，"表现了我们民族的英雄气概"。

《为了新中国前进——舍身炸碉堡的董存瑞》

伟大的英雄，中国人民的儿子董存瑞，从儿童团长成长为一名光荣的解放军战士，在1948年解放隆化县城时，舍身炸碉堡，为新中国献出了自己年轻的生命。他的英雄形象永远留在人民心里。

《宁死不屈的共产党员——革命烈士江竹筠》

江竹筠，就是著名的江姐。1947年春，她负责《挺进报》工作，只几个月的时间，报纸就发行到1600多份，引起了敌人的极大恐慌。由于叛徒出卖，江姐不幸被捕，惨遭毒刑的残酷折磨，仍坚贞不屈。最后被特务秘密枪杀，年仅29岁。

《抗美援朝　保家卫国——志愿军的战斗故事》

抗美援朝战争是中国人民志愿军为援助朝鲜人民、保卫祖国安全，与美国为首的"联合国军"发生的战争。在朝鲜牺牲的志愿军烈士们，他们英勇的战斗事迹、保家卫国的精神值得我们发扬光大。

《上甘岭上壮烈歌——黄继光和他的战友们》

在1952年10月的上甘岭战役中，黄继光和他的战友们在零号阵地半山腰被敌机枪火力点压制，此时，黄继光身上已经多处负伤，手雷也已全部用光。为了完成任务，减少战友的伤亡，他用自己的胸膛堵住正在扫射的敌机枪射孔，为反击部队扫清了前进的道路。

《诗书印画　全入神品——国画大师齐白石》

齐白石出身贫寒，做过农活，当过木匠，后改学雕花木工，从民间画工入手，摹古人真迹，学诗文书法，融汇古今，而诗、书、印、画俱佳；他将中国画的精神与时代的精神统一得完美无瑕，使中国画得到国际的重视，无愧于"国画大师"的称号。

《毕生为文化而奋斗——中国第一出版家张元济》

张元济参与、主持和督导商务印书馆近六十年，使其从简单的印刷企业转变为当时中国教育出版的旗帜。张元济一生爱书，在中华大地动荡不安的年代里，他用自己对文化的热爱，续存着中华民族灿烂悠久的文明之光。

《独树一帜　梨园大师——著名京剧表演艺术家梅兰芳》

梅兰芳，京剧大师，演唱风格独树一帜，世称"梅派"。曾先后赴日本、美国、苏联演出，并荣获美国波摩那学院和南加州大学的荣誉文学博士学位。作为一位爱国者，抗战期间蓄须明志，拒绝为日本人演出，为后世称颂。

《华侨旗帜　民族光辉——爱国侨领陈嘉庚》

陈嘉庚是著名的爱国华侨领袖、企业家、教育家、慈善家、社会活动家。他为辛亥革命、民族教育、抗日战争、解放战争、新中国的建设做出了卓越的贡献。生前被毛泽东誉为"华侨旗帜、民族光辉"。

《向雷锋同志学习——伟大的共产主义战士雷锋》

雷锋，一个平凡而伟大的共产主义战士，一心向着党，一生秉承着全心全意为人民服务、无私奉献的崇高思想；发扬刻苦学习和钻研理论的"钉子"精神；坚持勤俭节约、艰苦奋斗的优良作风。毛泽东为其题词："向雷锋同志学习。"

《人民的好公仆——县委书记的好榜样焦裕禄》

焦裕禄，被誉为县委书记的好榜样。他用自己的革命精神，展开了与大自然、与社会落后现象、与病魔的多重抗争，让我们领略到一

个共产党人的生之伟大、死之壮美的人格品质和具有现实教育意义的精神魅力。

《文学巨匠　京味大师——人民作家老舍》

老舍是我国现代小说家、文学家、戏剧家。他用融入骨髓的真诚文字反映生活的喜怒哀乐。老舍的一生，总是在忘我地工作，他是文艺界当之无愧的"劳动模范"，生前被北京市人民政府授予"人民艺术家"的称号。

《革命老人——无产阶级教育家徐特立》

徐特立是一代伟人毛泽东的老师。他出生在贫苦家庭，大部分时间生活在动荡艰苦的年代；他刻苦勤奋，不畏艰辛，追求光明，一生勤俭，为革命培养了大量的人才；他对党和人民任劳任怨，鞠躬尽瘁。他坎坷奋斗的一生，留下了许多可歌可泣的故事。

《人生能有几回搏——新中国第一个世界冠军容国团》

容国团先后担任中国乒乓球队运动员、女队主教练。获得1959年男子单打世界冠军；1961年夺得男子团体世界冠军；作为中国女队主教练，1965年率女队第一次夺得女子团体世界冠军。他的"人生能有几回搏"的豪言，举国传诵。

《石油工人一声吼　地球也要抖三抖——铁人王进喜》

王进喜，新中国第一批石油钻探工人。他为祖国石油工业的发展和社会主义建设立下了不朽的功勋，在创造了巨大物质财富的同时，还给我们留下了宝贵的精神财富——铁人精神。他被评为"百年中国十大人物"，写入中华民族的光辉史册。

《做人民需要我做的事——著名地质学家李四光》

李四光是一位伟大的科学家，他一生从事地质学研究工作，足迹遍布祖国的山川，为祖国探明了许多地下宝藏；他创建了崭新的学说——地质力学；他历尽重重困难，为正确认识地质构造开辟了一条新路。

《中国化学工业的先驱——著名化学家侯德榜》

为摆脱纯碱需要进口的窘况，20世纪初，怀着"实业救国"梦想的中国化工先驱侯德榜等人创办了永利碱厂，并立志生产出中国人自己的碱。1926年，永利碱厂终于成功地生产出"红三角"牌纯碱，从此中国制碱业得以跨入世界先进行列。

《毕生求是　一丝不苟——著名科学家竺可桢》

著名科学家竺可桢献身科学研究；治学严谨，一丝不苟；一生廉洁，两袖清风；作风民主，爱护学生。他以爱国之心、报国之志，从一个民主主义者逐渐成长为一个共产主义战士。

《热爱自然的大地之子——著名植物学家蔡希陶》

蔡希陶，五十载风雨，五十载坎坷，五十载奋斗，五十载开拓，为了发现对人类生产、生活有用的植物及新物种的引进而做出巨大贡献，在中国的植物资源学史上将永远镌刻着他的名字。

《高洁无私的襟怀——知识分子的楷模蒋筑英》

蒋筑英是中国当代知识分子的先锋典范，他不为名，不为利，尊重科学；他以坚忍的毅力和顽强的作风，在科学的道路上呕心沥血，鞠躬尽瘁，无私地奉献了青春和生命。

《迎接新生命的天使——卓越的妇产科专家林巧稚》

林巧稚是国内外享有盛誉的妇产科专家。在五十多年的医学教育和临床实践中，林巧稚亲自接生了五万多婴儿，治愈了数千病人，培养了数以百计的专门人才，为我国的妇女儿童事业做出了不可磨灭的贡献。

《独自成千古　悠然寄一丘——国画大师张大千》

张大千是20世纪中国画坛最具传奇色彩的国画大师，无论是绘画、书法、篆刻、诗词无所不通。在艺术界深得敬仰和追捧，艺术家们用真挚的感情，用绘画和雕塑展现了"张大千"多彩的艺术形象。

《建造中国的通天塔——著名数学家华罗庚》

中国当代著名数学家华罗庚，为中国数学的发展做出了无与伦比的贡献，他是中国解析数论、典型群、矩阵几何等多方面研究的创始人与开拓者，也是我国最早将数学理论研究与生产实践紧密结合的科学家。

《问鼎长天　强我国威——两弹元勋邓稼先》

邓稼先是我国著名科学家，参加组织和领导我国核武器的研究、设计工作，从对原子弹、氢弹原理的突破和试验成功及其武器化，到新的核武器的重大原理突破和研制试验，作出了重大贡献。是我国核武器理论研究工作的奠基者之一，被誉为"两弹元勋"。

《敢叫天堑变通途——桥梁专家茅以升》

中国著名的桥梁专家茅以升从小立志为祖国建造桥梁，经过不懈努力，他不仅设计建造了一座座宏伟壮观、坚固实用的道路桥梁，而且搭建了一座座友谊之桥，为祖国建设作出了卓越贡献。

《蘑菇云之梦——核物理学家钱三强》

被誉为"中国原子弹之父"的核物理学家钱三强，更名后立志于科技报国；24岁投师于世界著名核物理学家居里夫妇；与夫人何泽慧合作，发现铀的"三分裂""四分裂"现象；统领我国的原子大军，做了大量创造性工作。

《两离桑梓地　满怀雪域情——领导干部的楷模孔繁森》

孔繁森，是一位一尘不染、两袖清风的好干部。两次进藏工作，历时十载，为西藏的建设、发展和稳定作出了突出的贡献。1994年11月，孔繁森不幸以身殉职。人民群众称他为新时期领导干部的楷模。

《摘取数学皇冠上的明珠——著名数学家陈景润》

陈景润是享誉世界的数学家，为了证明"哥德巴赫猜想"，他以惊人的毅力在数学领域里艰苦跋涉，终于攻克了世界著名数学难题"哥德巴赫猜想"中的"1+2"，创造了中国乃至世界数学史上的辉煌。

《学术独步　饮誉四海——享有国际威望的科学家卢嘉锡》

卢嘉锡是一位在国际科学界享有崇高威望的物理化学家、化学教育家和科技组织领导者。1945年，卢嘉锡满怀"科学救国"的热忱回到祖国，对中国原子簇化学的发展起了重要推动作用，他所指导的新技术晶体材料科学研究，也取得了重大成绩。

《德艺双馨　梨园楷模——著名豫剧表演艺术家常香玉》

常香玉1941年赴陕甘演出。1948年在西安创办香玉剧社。1951年为支援抗美援朝，率剧社巡回西北、中南、华南各地演出，以演出收入捐献"香玉剧社号"战斗机一架，素有"爱国艺人"之誉。

《文学大师　激流勇进——著名作家巴金》

本书以巴金生平和主要事迹为线索，回顾和展示现代著名作家巴金的一生，以期让人们看到巴金在这风云变幻的100多年中，有过成功的欢欣，有过屈辱的磨难，有过痛苦的忏悔，有过平静的安宁。巴金的人生，映照着一代中国五四知识分子坎坷而不平凡的命运。

《壮心系科学　孜孜为国昌——理论化学家唐敖庆》

本书讲述了唐敖庆从出国求学、学业有成、回国任教，到服从安排、艰苦工作、刻苦钻研，最终成为中国量子化学奠基者的过程。让人们看到了这位著名化学家的赤心爱国、严谨治学、大公无私的崇高品格和科研上的卓越成就。

《中国导弹之父——著名科学家钱学森》

当第一颗原子弹升空的时候，当中国的人造卫星奏响《东方红》的时候，当中国运载火箭腾空而起的时候，当中国研制的导弹准确命中目标的时候，人们都会想起他的名字：中国导弹之父钱学森。

《中国近代力学的奠基人——著名科学家钱伟长》

钱伟长曾以中文和历史两个100分的成绩考入清华大学。九一八事变后，钱伟长毅然放弃了文科的学习而转为理科。他是中国近代力学、应用数学的奠基人之一，在固体力学、流体力学以及航空航天领域，取

得了卓越的成就，为新中国的现代化建设付出了毕生的精力。

《中国光学科学的奠基人——著名科学家王大珩》

王大珩是我国著名的科学家，中国光学科学的奠基人。他先在清华就读，后赴英国求学，学业有成，立志科学救国，其成就享誉神州。他以科学的求是精神和赤诚的爱国情怀，探索着中国光学发展的闪光之路。